KB272652

놀고먹고 싶었는데 100평 텃밭이 생겼다

김효원 글·그림

놀고먹고
싶었는데
100평 텃밭이
생겼다

직장 생활을 마무리할 즈음, 앞으로는 하고 싶은 일만 하자고 결심했다. 억지로 해야 하는 일은 하지 않겠다, 오롯이 마음이 시키는 일만 하자. 되도록 놀고먹겠다는 크고 원대한 포부를 품었다.

그런데 이게 웬일. 편도 2시간 반 거리의 강원도 영월로 텃밭 농사를 지으러 다니는 신세계가 펼쳐졌다. 고향에서 농사를 짓던 아버지가 갑자기 돌아가시고 아버지의 땅을 물려받았다. 서울에서 영월을 오가며 농사를 짓는 것은 무리라면서 형제자매들은 땅을 팔자고 했지만 나는 그럴 수가 없었다. 내가 태어나고 자란 고향집과 고향 땅을 남의 손에 넘기면 고향을 영영 잃어버릴 것 같았다.

힘닿는 대로 땅을 일궈보자. 그렇게 느닷없이 '서울-영월' 5도 2촌 생활이 시작됐다.

2시간 반을 자동차로 달려가 일복으로 갈아입고는 텃밭에 쪼그려 앉아 무릎이 시큰거리도록 풀을 뽑았다. 풀은 뽑고 돌아서면 그 자리에서 2배로 늘어나는 듯했다. 인류는 풀에서 미래 먹거리를 찾아야 한다. 새참이라는 게 얼마나 고마운 건지도 알게 되었다. 맛있는 걸 먹는 것도 좋지만 그 시간만큼은 일을 내려놓고 쉴 수 있어서 좋은 거였다.

누가 시켜서 하는 일이라면 아마도 몇 번 하고 말았겠지만, 마음이 시키는 일이라 3년째 5도 2촌 생활을 이어가고 있다.

사실 농사 성적표는 초라하기 그지없다. 농사 전문가들이 본다면 픽 코웃음을 칠 노릇이다. 들이는 시간이나 품을 생각하면 안 하는 것이 오히려 경제적이다. 그러나 그 시간 동안 도시에서는 몰랐던, 알 필요가 없었던, 농사와 농촌과 농촌 사람들을 조금씩 알게 된 것을 수확으로 치고 싶다.

농촌에서 태어나 자랐기에 농촌을 잘 알고 있다고 생각했지만, 막상 그렇지 않았다. 초등학교 때 도시로 이주한 후 쭉 도시에 살았기에 수십 년 만에 다시 가본 고향은 내 기억 속의 그곳이 아니었다.

시골에 내려가 며칠 지내다 보면, 여태 이런 것도 모르고 살았구나 싶은 일들이 매번 펼쳐진다. 농촌 사람이라면 "도시 사람들은 이런 것도 모른다고?" 하며 놀랄지도 모른다.

씨앗을 심으면 싹이 나고 열매가 맺힌다는 것이 얼마나 큰 기적인지 알게 됐다. 심어놓은 씨앗을 새가 쏙 빼먹을 수도 있고, 잘 자라고 있는 새싹을 고라니가 먹을 수도 있다. 비가 내리지 않아 타 죽을 수도 있고, 비가 많이 와서 뿌리가 썩을 수도 있다. 이제 수확만 하면 된다고 방심했다가 멧돼지에게 도둑질당할 수도 있다. 결국 농사는 그때그때 수많은 변수에 신속하게 대응하는 일이라는 것, 내가 할 일을 최선을 다해 한 후에는 하늘이 주시는 것에 만족해야 한다는 것도 알았다.

그리고 씨앗을 심고 물을 주고 거름을 주고 풀을 뽑는 노동의 시간은, 갑작스럽게 세상을 떠난 아버지를 애도하는 시간이기도 했다는 것을 뒤늦게 알아차렸다. 아버지의 부재를 받아들이기 어려웠던 나는 흙을 만지고 작물을 돌보며, 아버지의 마음이 되어보는 시간을 통과한 끝에 비로소 아버지를 잘 떠나보낼 수 있었다.

그때 동생과 텃밭에서 가장 많이 나눈 말은 "우리 아버지 고생하셨네"였다.

직접 해보니까 밭에서 거저 얻어지는 것은 하나도 없었다. 아버지가 배낭 가득 담아다 주던 토마토, 오이, 가지, 깻잎, 배추, 콩 이런 것들을 귀찮아했던 지난날도 반성했다.

자연스럽게 기후와 환경에 대한 관심도 커지고 있다. 농촌에서는 한 해 농사가 끝나면 밭에서 걷어낸 검은 비닐이 산처럼 쌓인다. 멀칭 비닐은 한 해 쓰고 나면 버리고, 다음 해에는 또 새것을 써야 한다. 마을 어귀에 그 비닐 더미가 산처럼 쌓일 때마다 마음이 편치 않다. 친환경 멀칭 비닐이 나오면 좋겠다고 생각한다. 그러면서 도시에서의 생활 방식도 조금씩 바뀌고 있다. 밭에 주기 위해 커피 찌꺼기나 달걀 껍데기를 모은다.

"모든 기록되지 않은 기억은 소멸한다"는 말을 좋아한다. 텃밭에서 알게 된 것들을 흘려버리지 않기 위해, 삶의 조각들을 조금 더 오래 선명하게 기억하기 위해 농사의 단상을 그림과 글로 채집해놓았다.

나는 여전히 도시와 텃밭을 오가며 오늘도 고군분투하는 중이다. 다음 계절이 내게 무엇을 보여줄지, 어떤 일들이 펼쳐질지는 아직 알 수 없다.

하지만 이제는 그 알 수 없음이 좋다. 확실함이 주는 안심보다 불확실함이 주는 기대가 더 설레기 때문이다. 올해는 또 어떤 일이 펼쳐질까?

차례

농사를 처음 시작한 날의 나는, "이걸 내가 정말 할 수 있을까?" 했다. 하지만 엉성한 손끝으로 심었어도 싹은 났고, 서툰 호미질에도 열매는 맺혔다. 첫 농사는 대부분 실패로 돌아갔지만 몰랐던 세계를 배웠다.

PART 1

씨앗의 시간

시작은 엉성해도,
어김없이 싹은 나온다

5월 5일은
ѰѰѰ 식모일

농사꾼이던 아버지가 지난해 갑자기 돌아가시고 난 뒤 아버지의 농지가 내 앞에 당도했다. 외동도 아닌데, 농사를 짓자고 하니 2남들은 "농사 못 해. 당장 땅 팔아" 하며 펄쩍 뛰었고, 농지는 2녀들의 차지가 됐다.

강원도 산골에 자리한 고향집은 이북에서 내려온 할아버지가 산골 처녀에게 장가들어 자리 잡은 곳이다. 6.25 피란에서 돌아온 할아버지는 동네 사람들과 어울려 흙집을 지었다고 했다. 방 세 칸과 부엌이 딸린 20평도 안 되는 작은 집에서 아버지와 작은아버지, 고모들까지 5남매가 자랐고, 할머니의 친정어머니, 할아버지의 형님 내외까지 수많은 사람이 들고 났다. 엄마가 시집온 후 우리 4남매도 흙집 사랑방에서 태어났다.

막냇동생이 태어나던 날이 선명하게 기억난다. 추석날이어서 온 식구가 모여 떠들썩했는데, 엄마가 내게 마실 나가신 할머니를 찾아오라고 했다. 아기가 나올 것 같다고. 놀라서 동네를 뛰어다니며 할머니를 찾았는데, 할머니가 보이지 않았다. 큰일 났다 싶어 거의 울면서 집에 뛰어 들어갔더니, 할머니가 부엌과 방을 분주히 오가고 엄마 옆에는 아기가 누워 있었다. 아기가 덮고 있던, 꽃무늬 수가 곱게 놓인 보라색 이불도 기억난다. 엄마도 누워있고, 아기도 누워 있기에 여동생을 데려다 함께 나란히 누웠다.

추억이 깃든 시골집을 팔고, 농지를 팔고 나면 고향을 영원히 잃어버릴 것만 같았다. 고향집이, 고향 땅이 없는 고향은 상상할 수가 없었다. 그렇게 5도 2촌, 왕복 5시간, 장거리 농사가 시작됐다.

4월 5일 식목일부터 마음이 바빠졌다. 처음 하는 농사니까 부지런히, 철저히, 완벽하게 해보자, 다짐하고 농사 카페부터 가입 완료. 골프 유튜브를 보고 골프채를 쇼핑하던 일상이 농사 유튜브를 보고 괭이를 쇼핑하는 일상으로 순식간에 바뀌었다.

모든 농사는 땅을 뒤집어엎는 것에서 시작된다는 것도 처음 알았다. 여동생과 괭이로 텃밭을 파고 있으려니 지나가던 동네 분이 물어본다.

"로타리 쳐야지유?"

로터리 클럽, 영등포 로터리는 들어봤어도 '치는' 로타리는 처음이다. 로타리는 흙을 뒤집어엎어 통기성이 좋게 하는 행위를 말한다. 과거에는 소가 끄는 쟁기질로 농사를 시작했다면, 요즘은 관리기나 트랙터로 쟁기질하는 셈이다. 트랙터가 몇 번 오가자 밭이 화장한 얼굴처럼 곱고 매끈해졌다. 농사 역시 '장비빨'임을 절실히 깨닫게 된 날이었다.

로타리도 쳤겠다 여동생과 본격적으로 이랑을 만들고 모종을 사다 심기 시작했다. 상추와 케일, 고추, 땅두릅, 곰취 등 장에 나온 모종을 사다 정성껏 심어주었다.

4월의 텃밭에는 이상하게도 동네 사람들이 보이지 않았

다. 밭에 나와 일을 하는 사람은 우리뿐이었다.

"동네 분들은 주5일을 철저히 지키는 걸까?"라고 내가 묻자 동생은 "당연하겠지. 주말은 쉬시겠지"라고 대답했다.

그 의문은 얼마 지나지 않아 해소됐다.

마을 초입에 있는 오촌 아재네 집에 놀러 간 날, 아재는 우리의 행적을 듣더니 조용히 이렇게 말씀하셨다.

"아직 일러. 4월에 심었다가 서리 맞아서 싹 죽인 다음부턴 4월엔 아무것도 안 심어. 5월 5일은 돼야 써. 5월 10일이면 더 확실하지."

추운 지역인 강원도는 4월에도 서리가 내릴 때가 있기 때문에 5월은 돼야 농사가 시작된다는 말씀이었다. 어쩐지 동네 어르신들의 텃밭이 다 비어 있더라니. 동네 어른신들의 텃밭에는 지난가을에 심어놓은 마늘이나 삼동파가 자라고 있을 뿐, 봄에 새로 심은 채소는 하나도 보이지 않았다. 그것도 모르고 우리는 농촌에도 주5일이 정착됐다고 오해했다.

4월 5일이 식목일이라면 5월 5일은 식모일(모종 심는 날, 국어사전에 없는 말입니다. 제가 멋대로 만들었어요). 이날에 맞춰 모종을 심어야 얼어 죽는 걱정 없이 안심할 수 있다.

어린이날이 되자마자 장날에 가서 수박, 참외, 토마토, 가지, 호박 등 모종과 종자 씨앗을 잔뜩 사 왔다. 모종 한 개

가격이 1000원이라 마치 다이소 쇼핑하는 기분을 만끽할
수 있었다. 게다가 돈을 쓰면서 버는 듯한 기분이 드는 것
이 신기했다. 채솟값이 비싸니까 심기만 하면 개이득!

작약에 환호작약

"손이 많이 가지 않을 것. 알아서 잘 클 것. 병충해에 강할 것. 풀을 이겨낼 것. 물을 자주 주지 않아도 될 것. 한번 심어두면 월동하고 내년에 알아서 또 나올 것. 누가 이 작물을 모르시나요~" 농사 카페에 질문을 쏟아냈다.

주말에만 내려가야 하니 손이 많이 가는 예민한 작물은 키우기 어렵다. 예기치 않게 주말에 경조사라도 있는 날에는 2주 만에 내려갈 수도 있다. 해마다 심고 거두는 작물은 5도 2촌에서는 무리다. 성격 무던하고 튼튼하고 장수하는 녀석을 찾아야 한다.

농사 카페 대선배님들의 대답은 단호했다.

"놉! 그런 작물은 세상에 없습니다. 모든 농작물은 농부의 발자국 소리를 듣고 큽니다."

발자국 소리를 녹음해 24시간 틀어놓아야 하나. 묻고 또 묻고. 그나마 원하는 작물에 가장 근접한 것이 작약이었다. 작약은 노지월동을 하기 때문에 봄이 되면 저절로 새싹이 돋아난다. 병충해에도 비교적 강하다. 한번 심어두면 뿌리가 계속 번식한다. 작약을 찾아내고 나서 그야말로 '환호작약'했다.

작약 선배들의 조언에 따르면 작약은 봄이나 가을 어느 때고 심어도 되지만 가을에 심는 것이 더 좋다. 그렇다면 가을까지 기다려야 할까도 잠깐 생각했지만, 내가 누군가. 성질 급하기 대회가 있다면 세계 1위를 할 재목 아닌가. 봄을 놓칠까 싶어 서둘러 주문에 나섰다.

뿌리를 약용으로 쓰는 토종 작약을 패스하고(뿌리를 캐는 노동과 뿌리를 판매하는 마케팅 둘 다 자신이 없었다), 꽃 보자고 겹작약으로 결정했다. 꽃이 피면 내가 즐기고, 주문이 들어오면 판매도 하고, 꽃이 지면 내년을 기다리면 된다. 이 얼마나 아름다운 '서클 오브 작약 라이프'인가.

겹작약 종근을 온라인 쇼핑으로 구매하던 날의 떨림이 아직도 손끝에 남아 있다. 손바닥만 한 인삼 크기의 종근 30개에 103만 6500원. 겹작약은 수입종이라 비싸다고 했다. 그래서인지 이 작약들은 에치드 새먼, 사라 베르나르, 몬스줄스 엘리처럼 영원히 암기 못 할 이국의 이름을 가졌다.

얼마에 샀냐고 묻는 엄마께는 10분의 1 가격인 10만 원을 주고 샀다고 당당히 말씀드렸다. 엄마는 10만 원도 비싸다고 뭐라고 하셨다. 이왕 깎는 거 5만 원이라고 할 걸 그랬다고 뒤늦게 후회.

겹작약을 심기로 했다고 SNS에 올렸더니 친구들 반응이 폭발적이었다. 제일 좋아하는 꽃이 작약이라는 고백부터 꽃이 피면 당장 구매하겠다는 선주문까지 쏟아졌다. 나 농사에 천부적인 재능이 있는 것 아닐까? 비록 3명이지만, 심기도 전에 예약 주문이라니!

배송받은 작약 종근을 텃밭의 고갱이, 가장 중요한 포인트에 소중하게 심었다. 종근 30개를 심으니 6개의 이랑과 고랑이 만들어졌다. 시작은 미약하지만 나중은 창대해질 작약밭을 상상하며 뿌듯해하고 있는데, 동네 아주머니께서 지나가다 툭, 한말씀하셨다.

"아이고, 작약 같은 건 뒷동산이나 밭 가에 심고 텃밭에는 먹을 걸 심어야지. 당장 캐서 한쪽에 치워버리시게."

동네 분들에게 작약은 잎만 무성해 자리만 차지하고 먹을 수는 없는, 당최 쓸모없는 작물이었던 것이다. 그런 작약을 텃밭 가운데 떡하니 심어놓았으니, 지나가는 동네 어르신들의 표정이 왜 그러했는지 알 것 같았다.

작약 종근을 심고 난 후 약 일주일쯤 지났을 때 세상이 궁금하다는 듯 붉은색 새싹이 삐죽 머리를 내밀었다. 새싹은 한 주가 다르게 쑥쑥 자라 한 달쯤 지나니 비록 키는 작지만 당당하게 꽃망울까지 만들어냈다. 첫해에는 꽃을 보기 힘들다는 농원 사장님의 말씀을 듣고 일찌감치 기대를 접고 있던 터라 기쁨이 더 컸다.

그러나 꽃망울을 맺은 후에는 작약의 성장이 멈춘 것만 같았다. 이번 주에 가도 비슷하고 다음 주에 가도 비슷한 크기였다. 어떤 꽃을 보게 될지 마음이 부풀어가는 내 사정은 조금도 아랑곳하지 않는 작약의 느긋한 태도가 과연 꽃의 여왕다웠다.

이 미칠 듯한
수렵채집 본능

세계적인 역사학자 유발 하라리의 책《사피엔스》에 따르면 "호모 사피엔스는 존속 기간의 대부분을 수렵채집인으로 살았"기 때문에 "현대인의 사회적·심리적 특성 중 많은 부분이 농경을 시작하기 전의 기나긴 시대에 형성됐고 오늘날에도 우리의 뇌와 마음은 수렵채집 생활에 적응해 있다".

호모 사피엔스의 DNA를 가진 나는 유전의 영향에서 한 치도 벗어날 수 없었다. 농사를 짓기로 마음먹은 계절이 하필 나물 시즌이라, 산에서 들에서 공짜로 얻을 수 있는 것을 득템하는 재미에 정신을 차릴 수가 없었다. 씨앗이나 모종을 사다 심는 건 내일 해도 되지만 나물은 내일까지 나를 기다려주지 않는다.

쑥떡을 세상에서 제일 좋아하는 엄마는 골짜기 쪽 쑥

자생지를 주로 공략했다. 바랑 가방을 메고 탁발승처럼 훌쩍 집을 나서면 해가 빛을 잃어갈 때까지 돌아오실 줄 몰랐다. 노을과 함께 돌아오는 엄마의 가방은 쑥으로 터져나갈 듯했다.

나는 두릅 따기에 주력했다. 따끔따끔 가시에 찔리곤 하는 두릅은 장갑을 2개 겹처 끼고 따야 한다. 그렇지 않으면 아주 따끔한 맛을 보게 된다. 두릅을 알뜰히 따고 난 후에는 농사 카페에서 배운 대로 두릅나무 가지를 짧게 잘라주었다. 가지를 잘라주면 내년에 두릅을 따기도 편하고 더 풍성한 가지들이 새로 나온다고 한다. 아버지의 두릅나무는 키가 2미터를 훌쩍 넘어 온갖 도구를 동원해도 따기가 쉽지 않았다. 진즉 농사 카페에서 배웠더라면 아버지가 두릅을 따기 쉽게 가지를 짧게 잘라줄 수 있었을텐데… 늦었다고 생각할 때는 이미 늦었다.

그나저나 무향 무취 무맛의 두릅은 도대체 무슨 맛으로 먹는 걸까? 초장을 찍으면 초장 맛, 기름에 구우면 기름 맛밖에 나지 않던데. 가시의 따끔따끔한 맛으로 먹는 건가. 두릅의 맛을 알아야 그때부터 어른인 걸까? 잡생각은 그만하고 두릅 따기에 집중하라고 두릅이 따끔하게 찌른다.

냉이, 달래, 고들빼기, 취나물, 고사리, 민들레, 돌나물, 원추리, 쑥, 며느리취… 이 모든 것이 공짜다. 세계 1, 2위를 다투는 장바구니 물가를 생각하면 채집을 멈출 수가 없다.

채집 본능은 점점 커져 엄마와 나는 어느 순간 '산삼'이
라는 원대한 포부를 안고 산을 타기 시작했다. 채집에서 얻
을 수 있는 가장 크고 좋은 것은 산삼 아니겠는가. 어린 시
절 할아버지께 배웠던 화투 '육백' 용어로 치면 산삼은 '칠
띠'나 '용코'쯤이라 할 수 있다.

평소에는 멧돼지가 있어 올라갈 엄두도 내지 않던 산이
었다. 할아버지가 소금 팔러 강릉에 갈 때는 호랑이를 만나
기도 했다는 깊은 산인데, 산삼의 유혹은 멧돼지, 호랑이보
다 힘이 셌다.

깊은 산은 아직 잠에서 깨어나지 않은 것처럼 보였다.
나무가 우거져 어두컴컴한 산은 가랑잎과 솔잎이 잔뜩 떨
어져 길이라곤 보이지 않았다. 간혹 고사리, 취나물이 있
고, 주인을 잃은 무덤가에는 둥굴레가 환하게 군락을 이루
며 꽃을 피우고 있었다.

연한 연두색, 5장의 잎, 산삼인가 하고 달려가 보면 오
가피였다. 오가피와 산삼은 잎이 똑같이 생겼기에 줄기로
구분해야 한다. 줄기가 목질화돼 있으면 오가피, 그렇지 않
으면 산삼이다. 오가피에 하도 속고 나니 깊은 산속 오가피
서식 금지령이라도 내리고 싶어졌다.

엄마와 내가 채집으로 눈을 이글거리고 있을 때 여동
생은 뒤란 구석구석 쌓여 있는 보따리들을 정리하느라 바
빴다. 이 보따리 저 보따리 풀어보면 모두 묵나물이라고 했

다. 해마다 가득가득 채집해 말려놓고는 미처 먹지 못해 계속 쟁여둔 쑥이며 고사리 같은 묵나물들이 화수분처럼 계속 쏟아져나와 마당에 쌓였다. 동생은 아궁이에 불을 피우고 꽤 오랜 시간 묵나물을 태웠다.

그러고 보니 엄마가 채집하는 것은 봤지만 그 채집물을 꺼내 음식으로 만드는 건 본 기억이 거의 없다. 엄마에게는 채집물을 요리해 먹는 것은 중요하지 않았다. 채집의 기쁨을 만끽하는 것으로 충분해 보였다. 엄마가 왜 그렇게 채집에 열을 올렸는지, 체험해보니 알겠다. 유발 하라리의 식견은 탁월했다.

지금 꼭 먹어야 할
봄나물 5

지난겨울은 유난히 길고 힘이 들었다. 주로 거리에서 찬 바닥에 앉아 있느라 더욱 그랬을 것이다. 아스팔트 도로에 책상다리를 하고 앉아 있으면 땅에 닿는 발이 신발을 신었는데도 시렸다. 찬 기운이 두꺼운 신발도 뚫는다는 게 신기했다. 부랴부랴 양털이 듬뿍 들어간 어그부츠를 구입해 신었더니 냉기가 덜했다. 사는 김에 패딩 바지도 구입했더니 찬 바닥이 무섭지 않았다. 도무지 끝날 것 같지 않은 겨울이 조금씩 뒤통수를 보였다.

절기란 참으로 신비하고 놀랍다. 꽃샘추위가 막바지 기승을 부리고 있지만 계절은 일보 후퇴, 이보 전진하며 봄 쪽으로 걸어가고 있다.

오래 기다린 봄이니만큼 봄나물을 잔뜩 뜯어 식탁에 차

러놓고 봄맞이 의식을 치르고 싶다. 봄나물을 듬뿍 섭취하면 얼어붙은 몸과 마음에 푸른 생기가 돌 것 같다.

봄나물이 귀한 것은 그 연약한 생명들이 혹독한 겨울을 이겨내고 살아 돌아왔기 때문이다. 얼어붙은 딱딱한 땅을, 사람이 손톱으로 헤집기도 어려운데, 봄나물은 갸냘픈 뿌리로 파고 내려간다. 손대면 톡 부러질 것 같은 뿌리로 얼어붙은 땅을 파내려 가는 모습을 떠올리면 비장한 마음까지 든다. 바늘에게 〈조침문〉을 지어 바친 유씨 부인처럼 나 역시 '봄나물찬가'라도 만들어 불러주고 싶다.

달래, 냉이, 쑥, 원추리, 씀바귀, 고들빼기… 바야흐로 봄나물 시즌이다.

봄에 가장 먼저 땅 밖으로 머리를 내미는 것은 원추리다. 원추리는 낙엽의 무채색을 뚫고 선명한 연두색으로 봄이 왔음을 알린다. 원추리는 독성이 있기 때문에 나물로 먹을 때는 가급적 어린 새순만 채취한 후 데쳤다가 찬물에 반나절 정도 우려내야 한다. 원추리나물은 비타민, 미네랄이 듬뿍 들어있고 혈액순환, 면역력 증강, 염증 억제, 스트레스 해소 등에 도움을 준다. 특히 근심을 잊게 해 준대서 '망우초'라는 별명이 있다고 하니, 지금 꼭 먹어야 할 이유가 충분하다.

원추리나물은 간장과 들기름, 마늘, 참깨를 넣어 무치는 방법과 된장, 고추장, 마늘, 들기름을 넣어 무치는 방법이 있다. 취향과 기분에 따라 양념을 선택해 무치면 된다. 원추리를 넣고 된장국으로 끓이면 마치 시금칫국 같은 맛을 즐길 수 있다.

김태오 시인의 동요 '봄맞이 가자'에 "달래 냉이 씀바귀 나물 캐 오자"는 가사가 있다. 원작에서 달래, 냉이, 꽃다지였다가 후일에 달래, 냉이, 씀바귀로 바뀌었다고 한다. 그만큼 달래, 냉이, 씀바귀가 대중적인 봄나물 삼총사라고 할 수 있겠다.

냉이는 봄나물의 대명사라고 해도 무리가 없다. 냉이는 사실 1년 내내 밭에서 찾아볼 수 있다. 봄의 전령사라고는 하지만 봄부터 여름, 가을, 겨울까지도 늘 밭에 포복해 있다. 냉이를 봄나물의 최고로 치는 것은 봄기운을 듬뿍 담고 있는 기세 때문일 것이다.

냉이는 방사형 잎을 지니고 있는데, 막 돋아난 것은 연두색이지만 시간이 지나면 점차 진한 초록색으로 변한다. 진한 색은 뿌리가 억세기 때문에 연한 색을 캐는 것이 좋다.

냉이는 사실 손질이 힘들다. 시든 잎을 뜯어내고 뿌리를 다듬고 하다 보면 "내가 냉이를 왜 이리 많이 캤을까" 후회하게 된다. 그러나 잘 데친 후 물기를 꼭 짜고 간장, 들기름, 참깨, 마늘을 넣고 조물조물 무쳐놓으면 그 어떤 봄나물보다 향긋한 맛을 즐길 수 있다. 냉이된장국도 냉이의 향과 맛을 즐기는 훌륭한 요리법이다.

달래는 뿌리로, 씨앗으로 전방위로 번식하기 때문에 한 자리에 군집해서 자라는 특징이 있다. 잎만 잘라 먹는 부추와 달리 동그란 뿌리까지 잘 캐내는 게 중요하다. 호미를 들고 한 뿌리씩 캐다가 아버지에게 지청구를 들은 적이 있다. 아버지는 삽으로 달래가 난 땅을 푹 퍼냈다. 달래가 흙과 함께 한 삽 가득 따라 올라왔다.

우리 고향 마을에서는 달래를 '달롱'이라고 부른다. 지금도 달롱이라고 해야 달래같이 느껴진다.

달래는 쫑쫑 썰어 양념간장을 만든 다음 김에 얹어 먹으면 밥 한 공기 뚝딱 해치울 수 있다. 또 콩나물밥이나 무밥, 곤드레밥에 얹어 비벼 먹는 것도 좋은 방법이다. 소면을 삶아 찬물에 헹궈 건진 후 달래 양념간장을 넣어 비빔국수로 먹어도 향긋한 달래의 맛을 음미할 수 있다. 간장, 고춧가루, 매실액, 들기름, 식초, 마늘을 넣고 버무려 삼겹살과 함께 먹어도 그만이다. 그래도 달래가 남았다면 간장 식초 물로 장아찌를 담아놓으면 1년 내내 맛있게 즐길 수 있다.

쏨바귀는 맛이 쓰기 때문에 이름이 쏨바귀일 텐데, 쓴맛을 내는 비슷한 나물로 고들빼기가 있다. 쏨바귀와 고들빼기는 모양이 매우 비슷해 구별이 쉽지 않다. 그 때문에 내가 캔 것이 쏨바귀인지 고들빼기인지 자신 있게 말할 수가 없다. 쏨바귀 혹은 고들빼기는 데친 후 물기를 꼭 짜고

초고추장에 버무리면 맛있다. 쓴맛을 참고 먹으면 어른스
러워진 기분까지 느낄 수 있다.

달래, 냉이, 씀바귀가 캐는 나물이라면 쑥은 뜯는 나물
이다. 쑥은 갓 돋아난 윗부분만 뜯어야 부드러운 식감으로
먹을 수 있다. 쑥을 넣은 생선국인 도다리쑥국은 봄에만 즐
길 수 있는 맛이다. 도다리 구하기가 어려운 시골에서는 쑥
버무리가 제일 만만한 쑥 요리다. 쑥에 쌀가루를 훌훌 뿌려
솥에 찐다. 쌀가루가 없을 때는 아쉬운 대로 밀가루를 묻혀
도 좋다. 소금만 살짝 넣고 찌면 향긋한 쑥향이 입안 가득
퍼진다.

된장을 푼 물에 쑥을 넣어 살짝만 끓이면 향긋한 쑥된
장국이 된다. 쑥의 향으로 먹는 음식이니만큼 간을 슴슴하
게 하는 것이 좋다.

나만 몰랐던
멀치와 멀칭의 세계

농사는 풀과의 전쟁에서 싸워 승리하는 것을 의미한다는 걸 여실히 알게 됐다. 무더위가 시작되자마자 풀이 본격적으로 존재감을 뽐내기 시작했다. 뽑아도 뽑아도 풀은 계속 나왔는데, 체감상으로는 뽑자마자 그 자리에서 2배로 늘어나는 것만 같았다. 흰머리 하나를 뽑으면 2개가 나온다는 속설처럼.

희한하게도 텃밭에서 일하는 사람은 우리 집 3남매뿐인 기분이 들었다. 엄밀히 말하면 2매다. 1남은 나무 그늘 밑에서 유튜브 보며 베짱이처럼 놀고 있다.

풀을 뽑느라 끙끙대고 있으면 지나가는 마을 분들이 한마디씩 하신다.

"아이고, 저걸 어쩌려고 그래."

“풀은 그렇게는 못 당해.”

“비니루를 쳐야지, 비니루를.”

풀이 순하던 4월, 멀칭mulching을 건너뛴 벌을 톡톡히 받고 있었다. 멀칭은 “식물을 재배할 때 경지 토양의 표면을 덮어주는 일로, 중요한 토양 관리 수단 중 하나이다. 덮어주는 자재를 멀치mulch라고 한다. 흑색 필름은 햇빛의 투과량이 제한되므로 잡초 종자의 발아나 생육을 억제하는 효과가 크다”고 두산백과 두피디아에 소개돼 있다.

멀치로 전국 농부 연맹에서 대동단결해 사용하는 것이 흑색 필름, 즉 검정 비닐이다. 이랑과 고랑을 만들고 이랑에 검정 비닐을 씌운 다음 구멍을 뚫고 씨앗이나 모종을 심는다. 검정 비닐을 씌운 곳에는 풀이 나지 않으니까 풀 뽑을 일이 획기적으로 줄어든다. 이 방법을 처음 개발한 분께 노벨 발견상을 드리고 싶다.

고백하자면 풀이 나지 않아 한적하기 그지없던 4월, 바라보기만 해도 마음이 평화로워지는 흙에 검정 비닐을 씌우는 것이 썩 내키지 않았다. 일회용품 사용도 줄여야 하는 마당에 검정 비닐로 밭을 덮는다는 게 조금 부담이었달까. 그게 어떤 후폭풍을 가져오는지 깨닫는 데는 채 2개월도 걸리지 않았다. 검정 비닐을 마땅치 않아 한 대가로 뽑고 돌아서면 나오고 뽑고 돌아서면 또 나오는 ‘무한 생산 싱싱 풀밭’을 선물받았다.

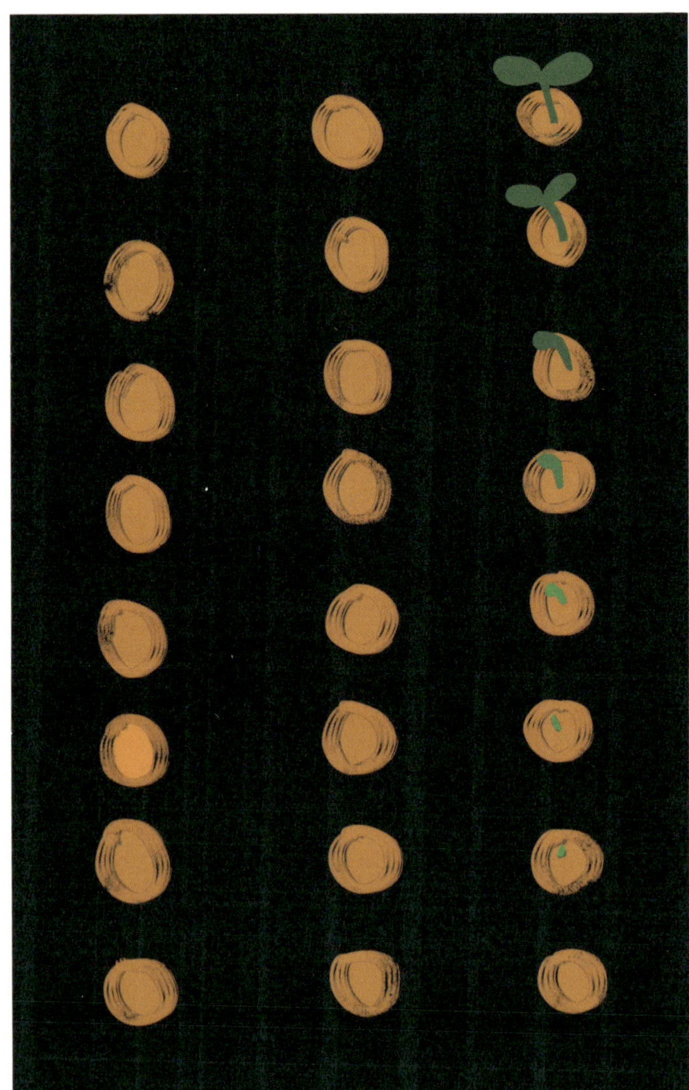

그리하여 채소를 키우는지, 풀을 키우는지 알 수 없는 우리 집 텃밭이 동네방네 뉴스 톱 10 중 상위 3위 안에 올라가 있을 것이라는데, 내 텃밭에서 나오는 풀 1킬로그램을 걸 수 있다.

땀으로 범벅돼 잘 떠지지 않는 눈을 억지로 뜨고 모기에 쏘여가면서 풀을 매는 일은 "내가 엄청난 일을 하고 있다"는 최면을 걸지 않고서는 견디기 어렵다. 돌아서면 무無가 되는 시지프스의 돌덩이를 굴리고 있다고 생각하면 호미를 던지고 싶어지니까.

참깨밭을 매면서 나는 나를 '텃밭 풀 연구가'라고 최면을 걸었다. 그러자 참깨밭을 차지하고 있는 풀 중 어떤 종류가 가장 많은지 분류하는, 아무 의미 없는 일을 꽤 진지하게 수행할 수 있게 됐다.

농촌진흥청이 2017년 조사한 바에 따르면, 우리나라 밭에서 자생하는 잡초는 375종이다. 많기도 하다! 우리 텃밭에 난 풀은 30여 종 정도로 판명됐다. 상위 1~3위는 개망초, 쇠비름, 바랭이가 차지했다. 특히 쇠비름은 맹렬하게 번식해 텃밭에 쇠비름 카펫을 깔아놓았다. 여기에 명아주, 까마중, 개비름, 토끼풀, 고들빼기 등이 약간씩 곁들여져 있다.

잡초 중에는 들깨도 있다. 심지도 않았는데 여기저기 발아하는 놀라운 번식력을 자랑한다. 아무리 들깨라도 내가 심었다면 농사지만, 심지 않았는데 나오는 건 잡초다.

자연 발아한 들깨는 깨가 제대로 달리지 않기 때문이다.

풀도 둥글둥글한 모양이 성격이 좋다는 것도 알게 됐다. 잎이 넓은 풀은 대부분 비교적 쉽게 뽑히는데, 잎이 가늘고 긴 풀들은 뿌리가 깊어 잘 뽑히지 않는 경향이 있다. 풀이 뿌리째 쏙쏙 뽑혀 나오면 엄청난 쾌감이 느껴진다는 것도 새롭게 알게 된 사실이다. 연구한 내용으로 ‘강원도 영월 어느 텃밭의 풀 자생 목록과 현황’을 발표할 학회가 없는 게 애석하다.

동네에서 우리만 일하는 기분이 드는 것은 아마도 검정 비닐 멀칭 때문일 것이다. 풀이 나지 않으면 뽑으러 밭에 나갈 이유가 없다.

당장 가을배추를 심을 때는 검정 비닐 멀칭을 기필코 하리라, 두 주먹을 불끈 쥐어본다. 풀을 하도 뽑았더니 손이 얼얼하고 손가락 마디마디가 아파 주먹이 불끈 쥐어지지 않네?

심고 캐고
또 심고 캐고

조팝나무를 옮겼다. 마당으로 들어오는 길목에 심었는데, 자꾸자꾸 옆으로 번지더니 급기야는 사람 출입이 불편해질 정도로 세력을 키워 더는 두고 볼 수가 없었다. 초보 농사꾼 3명이 달라붙어 조팝나무를 삽질했는데, 뿌리가 워낙 크고 깊어 온전히 캐내기엔 역부족이었다. 제일 굵은 뿌리를 삽으로 뚝 끊어준 후에야 겨우 조팝나무를 들어 올릴 수 있었다.

조팝나무를 어디에 옮겨야 대대손손 자리 옮김 없이 잘 자라줄까 심사숙고한 끝에 앞마당 감나무와 감나무 사이로 결정했다. 물을 듬뿍 주었지만 큰 뿌리를 잘렸기 때문인지 조팝나무는 여러 날 몸살을 했다. 힘을 내라고 응원했지만 5분의 1 정도의 잎만 겨우 살아남았다. 처음부터 제자리를 잡아주지 못한 주인 때문에 힘든 시간을 보내고 있는 조팝나무에 미안했다.

자리를 잘못 잡아준 것은 조팝나무뿐이 아니다. 마당 한가운데서 풍성하게 핀 분홍 꽃을 보고 싶어 심었던 겹벚 꽃나무는 우량아 선발 대회에 나가면 1등 할 만큼 무럭무럭 자랐다. 줄기 지름이 엄지손가락만 한 걸 심었는데 3년 만에 손목만큼 굵어졌다. 그늘도 꽤 크게 만들어 벚나무 밑은 작물 심기가 애매해졌다. 벚나무가 이렇게 빨리 자란다는 걸 왜 몰랐을까?

검색해보니 벚나무는 속성수(빨리 크는 나무)라고 한다. 나무에도 빨리 크는 나무, 더디 크는 나무가 있다는 것 역시 처음 알았다. 아니, 그럴 거라고 어렴풋이 생각했지만 도시에서 나는 바빴고 관심 둘 것이 많았다. 나무가 1년에 얼마만큼 크는지는 나에게 아무 상관이 없는 일이었다.

심지어 겹벚꽃이라고 나무 사장님이 준 나무는 홑벚꽃이었다. 홑벚꽃이라는 사실도 3년 만에 알았다. 홑벚꽃이면 꽃이 먼저 나고 잎이 나야 하는데, 잎이 먼저 나고 꽃이 나서 이 나무가 벚나무라는 걸 알아채기 어려웠다.

"나무 사장님, 왜 저에게 이런 시련을 주셨습니까?"

뿌리가 얼마나 뻗는 나무인지도 반드시 점검해야 할 중요한 요소다. 나무마다 뿌리의 특성도 제각각이다. 키는 작지만 뿌리는 크고 깊은 나무, 키는 크지만 뿌리는 작은 나무, 키도 크고 뿌리도 큰 나무…. 사람으로 치면 외유내강,

외강내유, 외강내강 식이다.

대나무는 뿌리가 하도 잘 번식해 집 가까이 심어서는 안 되는 수종이라고 한다. 조금 과장해서 집 가까이 심으면 구들장을 뚫고 나오는 죽순을 발견할 수 있다고.

얼마 전부터는 큰금계국이 새 골칫거리로 급부상했다. 노란색이 예뻐서 담벼락에 조르르 심었는데, 쑥쑥 잘 자라 줘 흐뭇했던 마음도 잠시. 큰금계국이 뉴스에 나오는 게 아닌가. 북아메리카에서 온 여러해살이풀인 큰금계국은 국립생태원이 외래 식물 유해성 2등급으로 지정한 '생태계 교란종'이라는 것. 큰금계국이 뿌리와 씨앗 등으로 전방위로 번식하기 때문에 땅을 점령해 토종 식물이 점차 사라지고 있단다. 큰금계국을 퇴출시켜야 하는 숙제가 생기고 나니 잘 자라는 모습도 어쩐지 미워 보이기 시작했다. "오라고 할 때 언제고 이젠 가라고? 난 못 가!" 하는 큰금계국의 목소리가 들리는 듯하다.

농사 카페에 "소나무 옮기고 싶은데 어떻게 해야 하나요" "대나무 어떻게 죽일까요" 이런 질문이 올라오면 남 일 같지 않아 유심히 보게 된다.

미래를 내다보는 눈은 어디에서나 필요하다. 공부도, 일도 그렇고, 사람과의 관계, 주식까지 그렇다. 낭만적(?)으로만 접근했던 시골 농가 주택의 나무 심기는 훗날을 내다보지 못해 대부분 원점으로 돌아갔다. 식물이나 나무를 공부 없이 마구 심어대다가는 '심고 또 심고' '옮기고 옮기고' 신세를 벗어나지 못한다. 심고 보자가 아니라 (알아) 보고 심어야 한다.

적뢰, 적화, 적과…
군사 용어 아닙니다

과일값이 금값이다. 마트에 가면 예쁘고, 크고, 빛깔이 좋은 과일에 눈과 손이 간다. 그러나 이내 가격에 놀라 손을 거두게 된다. 요즘 같은 고물가 시대, 서민들에게 과일은 전형적인 사치재다. 과일을 직접 생산(?)해 먹어볼까 하는 의욕이 마구 솟았다.

과일 농사를 결심하고 나서 '3적'이라는 막강한 적을 만났다. 3적은 적뢰, 적화, 적과다.

무시무시한 느낌이 드는 적뢰, 적화, 적과는 군사 용어가 아니다.

이때 적은 딸 적摘이다. 적뢰의 뢰는 꽃봉우리 뢰蕾. 적화의 화는 꽃 화花. 적과의 과는 과일 과果. 곧 적뢰는 꽃봉우리 따기, 적화는 꽃 따기, 적과는 과일 따기다.

크고 좋은 과일을 얻기 위해서는 3적이 필수다. 한 나무에 열매가 과도하게 많이 달리면 과일 크기가 작을 수밖에 없다. 과일의 열매를 크게 키우기 위해서는 무수히 많은 꽃과 어린 열매를 부지런히 따서 버려야 한다.

복숭아꽃이 만발한 지난 봄날, 적화를 완수해보겠노라, 원대한 포부를 품고 나무 앞에 섰다. 나무 한 가지에는 수십수백 개의 꽃이 조롱조롱 매달려 있다. 멀리서 보면 "나의 살던 고향은 꽃 피는 산골, 복숭아꽃 살구꽃 아기 진달래" 노래가 흥얼거려지는 목가적인 풍경이지만 적화 앞에서는 꽃 한 잎 한 잎이 노동이다.

미리 공부한 바에 따르면, 꽃을 딸 때 열매가 매달릴 위치를 생각하면서 따야 한다. 열매가 가지 위쪽에 달리면 좋지 않다고. 따라서 가지 위에 달린 꽃은 모조리 따주는 것이 좋다. 가지 끝에 달린 꽃도 따야 할 대상이다. 가지 끝은 영양소가 전달되기 쉽지 않다고 한다.

'가지 위'와 '가지 끝'을 입엣말로 중얼거리며 적화를 시작한다. 5분도 지나지 않아 손끝이 뻣뻣해지고 다리가 아프다. 고개를 쳐들고 꽃을 따려니 목덜미도 찌릿찌릿. 가지 몇 개 잡고 씨름하다가 나무 한 그루 적화를 채 끝내지 못하고 두 손을 들고 말았다.

"꽃은 예쁘니까 두고 보다가 열매 단계에서 따주면 되겠지"라며 그럴듯한 핑곗거리도 만들어낸다.

꽃이 지고 손톱만 한 열매가 나오기 시작한 어느 날, 이번에는 적과에 도전했다. 원칙은 같다. 가지 위에 달린 것과 가지 끝에 달린 것을 따줄 것.

꽃에서 열매로 얼굴만 바뀌었을 뿐 숫자는 다글다글 많기도 하다. 열매 따기라고 쉬울 리가 있나. 역시나 팔, 다리, 목이 "제발 날 좀 살려달라"고 고통을 호소한다.

팔, 다리를 살리기 위해 두뇌를 가동한다. 올해의 열매는 포기하고 겨울에 강력한 가지치기로 해결해보자고 작전을 세우고는 또다시 서둘러 퇴각한다.

그 결과 올해 나의 복숭아나무는 마치 개복숭아처럼 작고 볼품없는 열매를 수백 개 매단 채 익어가고 있다. 복숭아라기보다 매실에 가까운 크기다.

바로 이때가 요즘 유행하는 '원영적 사고'(아이돌 가수 장원영의 초긍정적 사고를 뜻하는 말. 나에게 일어나는 모든 일은 다 나에게 좋은 일이라는 마음가짐을 의미한다)를 풀가동할 시점이다. 개복숭아 효소가 그렇게 몸에 좋다는데, 이 작고 귀여운 복숭아를 따서 효소를 담아야겠다고. 모양이 개복숭아 같으니 개복숭아 효과가 조금은 있을 게 분명하지 않나.

크고 좋은 과일이 얼마나 많은 농부의 손길을 거친 끝에 탄생했을지, 이제야 조금은 알겠다. 과일값이 왜 이리 비싸냐고, 과일 모양이 왜 이리 못생겼냐고, 과일 색이 왜 이리 흐릿하냐고 타박했던 말들을 할 수만 있다면 다시 주워 담고 싶다.

어쩌다 5도 2촌 농부가 된 후 가장 크게 달라진 점은 역지사지다. 온전한 소비자에서 절반의 소비자, 절반의 생산자가 돼보니 농사가 얼마나 어려운 일인지 알겠다. 나의 살던 고향 꽃피는 산골에서 농부들이 어떤 고군분투를 벌이고 있는지, 이제라도 알게 해준 3적에 감사한다.

메밀의 추억

2주 만에 텃밭에 가보니, 풀의 기세가 대단했다. 가장 공들인 작약밭은 제초 매트를 깔아둔 덕에 그나마 고랑에는 풀이 나지 않았다. 작약이 커가고 있는 이랑에 난 풀들만 뽑아주면 돼 비교적 수월했다.

당근, 시금치, 상추, 고추, 토마토 등을 심어둔 곳은 풀 반, 채소 반이었다. 참깨 씨앗을 뿌린 곳은 풀이 참깨를 누르고 자라 참깨가 살려달라 소리 없는 아우성을 치고 있었다. 긴급히 호미를 들고 진입해 참깨 일병을 구하기까지 약 반나절의 시간을 고군분투해야 했다.

올봄 농사는 메밀을 재발견한 시즌이라 쓰고 밑줄을 쫙 그어놓으려 한다. 두둑도 돋우지 않고 맨땅에 훌훌 뿌려 심어놓은 메밀은 들인 공에 비해 황송한 결과물을 보여주었

다. 풀을 이겨내고 메밀이 쑥쑥 잘 자라 소금 같은 꽃을 피웠다. 예쁜 데다 또 먹을 수도 있으니 이보다 더 아름다운 텃밭의 정석이 있을까.

"산허리는 온통 메밀밭이어서 피기 시작한 꽃이 소금을 뿌린 듯이 흐뭇한 달빛에 숨이 막힐 지경이다"라고 묘사한 소설가 이효석의 《메밀꽃 필 무렵》의 문장이 저절로 떠올랐다.

만개한 메밀꽃을 보며 흐뭇해하고 있을 때 엄마는 "꽃 피기 전에 뜯어다 국 끓여 먹었어야 했는데"라고 아쉬워하셨다.

"안 돼요. 엄마, 이거 씨 받아야 해서 싹 먹으면 안 돼요."

어린 시절, 할머니가 꽃바위 언덕에 올라 메밀 싹을 뜯어다 국을 끓여주셨던 기억이 고스란히 되살아났다. 메밀 싹은 어릴 때 따서 된장국을 끓여 먹으면 그 어떤 된장국보다 맛있다. 보들보들 매끈매끈한 메밀 싹이 목구멍으로 술술 넘어간다. 너무 맛있어서 자꾸 끓여달라고 조르면 할머니는 더는 안 된다고 하셨다. 싹을 많이 뜯어 먹으면 아무래도 메밀 소출이 적어지기 때문이다.

엄마도, 나도 올봄에 메밀 싹 된장국을 맛보지 못하는 것이 못내 아쉬웠다.

"엄마, 메밀은 봄가을 두 번 심을 수 있대요. 가을에 심어서 꼭 메밀 싹 된장국 끓여 먹어요."

그러고 보니 메밀의 추억이 또 생각난다. 이북이 고향

인 할아버지는 겨울이 되면 꼭 뒷짐을 진 채 "막국수나 먹자" 한마디 하셨다. 그러면 할머니와 엄마는 메밀을 빻아 가루 내고 반죽해 치댄 후 가마솥에 국수틀을 걸고 막국수를 뽑았다. 얼음 박힌 동치미 국물에 말아 먹는 투박한 막국수였지만 겨울에만 맛볼 수 있는 별미 중 별미였다.

요즘 서울은 평양냉면 전성시대다. 우래옥, 을밀대, 필동면옥, 평양면옥, 을지면옥 같은 평양냉면집들이 냉면 맛 감별사들의 사랑을 받고 있다. 평양냉면뿐 아니라 들기름 막국수도 인기 대열에 올랐다. 냉면이나 막국수 모두 메밀로 만든다는 점에서 메밀 전성시대라고 해도 무리가 없을 듯하다.

메밀이 이토록 인기를 끌고 있는데 메밀 농사는 몹시도 수월하니 메밀 농사를 늘려야 할 이유가 충분하다. 게다가 메밀은 봄가을 2모작이 가능하다. 같은 땅에서 수확을 2배로 할 수 있으니 메밀과 사랑에 빠지지 않을 도리가 없다.

영월 예밀리에서 메밀로 빵을 만드는 '브레드 메밀' 최효주 대표가 한 '세바시' 강연을 유튜브에서 본 적이 있다. 메밀은 끈기가 적어 빵을 만들기에 적합한 곡물은 아니라고 한다. 그러나 여러 실험을 통해 건강한 메밀 빵을 만들 수 있었다고.

올가을 메밀 농사가 대풍을 이룬다면 잘 수확해서 자루에 담아 브레드 메밀을 찾아가 보려고 한다. 한 번도 만난

적은 없지만 없는 것에 도전해 새로운 길을 만들어내고 있
는 최 대표와 수인사하고, 그분이 개발한 메밀 빵과 바꿔
야겠다. 급한 성질 대회 1등감답게 가을 메밀 심기도 전에
빵과 바꿔 먹을 생각.

쿠바식 틀밭
도전기

쿠바식 틀밭을 아시나요?

언제부터인가 여기서 저기서 '쿠바식 틀밭'이라는 단어가 들려오기 시작했다. 쿠바식 틀밭으로 텃밭을 꾸몄다는 실제 사례와 증언도 속속 이어졌다.

쿠바식 틀밭이란 나무로 틀을 짠 다음 흙을 채우고 그 안에 채소를 심는 쿠바 사람들의 농법에서 유래했다. 화분과 쿠바식 틀밭의 차이는 바닥이 막혀 있느냐, 뚫려 있느냐 여부다. 쿠바식 틀밭은 바닥이 뚫려 있어 땅과 연결되는 것이 특징이다.

쿠바는 구소련의 식량 원조가 끊긴 후 극심한 물자 부족에 시달려 먹거리를 구하려야 구할 수 없는 상태가 됐다고 한다. 이에 국민들이 도시에서 농사를 지어 자급자족하기 시작했는데, 농기계도 없으므로 손으로 짓는 틀밭이 활성화됐다. 이렇게 틀을 짜서 농사를 지으면 잡초 관리에 효과적이고 친환경 농법도 실천할 수 있다는 것이다.

쿠바식 틀밭은 상자를 짜는 것뿐 아니라, 비료나 농약도 쓰지 않는 유기농법을 의미한다. 틀밭 바닥에 나뭇가지와 나뭇잎, 잡초 등을 깔아 퇴비 역할을 하도록 한다. 또 음식물 찌꺼기를 수시로 묻어 작물에 영양을 제공한다.

상자 안에 흙을 채워놓으니 마치 우리가 농사지을 때 밭고랑과 이랑을 만들어 두둑을 높이 올리는 것과 같은 효과가 나타난다. 텃밭 상자는 배수가 잘되므로 비가 많이 내리는 한국의 장마철에 효과적이다. 물을 자주 줘야 할 것 같지만 의외로 그냥 땅보다 물을 더 잘 보유한다는 것도 장점이다. 또 공기가 잘 스며들어 식물 뿌리가 발달하는 데 도움을 준다.

장점은 또 있다. 한번 만들어둔 상자는 해체하지 않고 매년 사용하기 때문에 해마다 밭을 갈아엎는, 이른바 '로터리를 칠' 필요가 없다. 뽑아낸 잡초와 낙엽으로 멀칭을 해 풀 관리를 하니까 검정 비닐 멀칭을 하지 않아도 되기 때문에 친환경적이다. 고랑에는 제초 매트나 벽돌 등을 깔아 풀이 나지 않도록 한다.

'노동은 적게, 성과는 크게'가 모토인 5도 2촌러에게 이처럼 좋은 점 투성이인 틀밭이 혜성처럼 나타났으니, 당장

도입하지 않을 이유가 없다.

먼저 어떤 재료로 틀밭을 만들까 연구에 돌입했다.

가장 대중적으로 사용되는 소재는 나무다. 나무는 원하는 크기대로 틀을 짜기 손쉽고 틀밭을 만들어놓았을 때 분위기도 근사하다. 마치 프로방스 시골풍의 이국적인 느낌을 물씬 낼 수 있다. 그러나 단점도 있다. 나무가 습기에 꾸준히 노출되면 결국 썩는다는 점이다. 나무가 썩으면 교체해야 하는데, 사용자들의 증언을 종합해보면 약 3년 정도면 나무틀을 바꿔야 한다.

나무가 썩는 단점을 극복하기 위해 대안으로 등장한 소재가 벽돌과 시멘트 블록이다. 벽돌이나 시멘트 블록을 한 장씩 쌓아 시멘트로 고정시키면 영구적인 틀밭을 만들 수 있다. 단점이라면 벽돌과 시멘트 블록을 구입하는 재료비가 나무에 비해 더 든다는 것이다. 또 설치하는 인건비를 아끼기 위해 직접 시공하려면 어느 정도 손기술을 가지고 있어야 한다. 오와 열과 높이를 잘 맞춰 벽돌이나 시멘트 블록 틀밭을 만드는 것은 꽤 어려운 일이다.

시멘트로 고정시키지 않고 벽돌이나 시멘트 블록을 그냥 쌓아서 틀밭을 만들면 어떨까 잔꾀를 생각해보았다. 그렇게 할 경우 겨울에 흙이 얼어 부피가 팽창하게 되면 벽돌이나 시멘트 블록이 밀려 나온다는 증언이 있었다.

이럴까 저럴까 고민고민하던 중 틀밭용으로 생산된 기

성 제품을 판매하는 광고가 눈에 들어왔다. 온라인 쇼핑몰에는 알루미늄 패널을 연결해 틀밭을 만들 수 있게 한 기성 제품을 판매하고 있었다. 벽돌로 영구 틀밭을 만들기 전 알루미늄 패널 틀밭을 먼저 시도해 틀밭의 장단점을 체험해 보기로 했다.

주문하고 일주일 정도 지나자 알루미늄 패널이 시골집으로 안전하게 배송됐다. 상자에는 둥근 패널과 평면 패널, 그리고 볼트와 너트가 들어 있었다. 둥근 패널을 3장 연결하고 일자형 패널을 5장 연결한 후 다시 둥근 패널 3장을 연결해 약 150센티미터 길이의 틀밭을 완성했다.

알루미늄 패널을 볼트와 너트로 조여 연결하는 일은 수련 과정 같은 기분이었다. 중노동도 이런 중노동이 없었다. 볼트, 너트와 끝없이 싸운 끝에 틀밭 6개를 완성할 수 있었다. 사이즈를 내 맘대로 결정한 결과, 틀밭 6개의 크기가 제각각으로 나온 것은 비밀로 하고 싶다.

완성된 틀밭을 마당 한쪽에 가져다 놓고 흙을 채우기 시작했다. 밭에서 흙을 퍼다 틀밭에 넣는데 아무리 해도 끝없이 들어가는 게 '흙 먹는 하마'가 따로 없었다. 흙을 퍼다 넣으면서 동생2와 의견 충돌로 다툴 만큼 힘이 들었다. "이걸 왜 하겠다고 해서 이 고생인가" 후회가 들 즈음 겨우 흙을 다 채울 수 있었다.

틀밭에는 읍내에서 사 온 고추, 상추, 토마토, 양배추 모종을 심었다.

눈이 부시게 번쩍번쩍 빛나는 알루미늄 틀밭은 마치 우주에서 불시착한 우주선 같았다. 비바람에 번쩍임이 씻겨나가기를 기도하면서 모종 심은 틀밭에 물을 듬뿍 뿌려주었다.

가을쯤에는 알루미늄 틀밭에 대해 어떤 후기를 쓰게 될까?

신민아의
은방울꽃 부케

배우 신민아-김우빈의 결혼식에서 신민아가 든 은방울꽃 부케가 큰 화제가 된 적이 있다.

그녀가 손에 든 은방울꽃 부케는 작고 귀여운 방울 모양의 꽃이 조롱조롱 달려 있어 사랑스럽고 로맨틱하기 그지없었다.

결혼식에서 신민아가 남자 친구인 김우빈이 질병으로 투병할 때 진심을 다해 기도한 사실이 법륜 스님의 주례사를 통해 알려지면서 감동을 전했다.

법륜 스님은 주례사에서 "우빈 군은 한때 건강이 좋지 않아서 어려움을 겪었는데, 민아 양이 공양미를 머리에 이고 경주 남산 관세음보살 앞에 가서 종교를 넘어서서 함께 기도했다. 그 후 우빈 군이 다시 건강을 되찾고 오늘 이 자리에서 함께 일생을 살아가겠다며 결혼을 약속하게 된 것은 정말 깊은 인연의 결과다”라고 한 것으로 알려졌다.

신민아의 부케로 사용된 은방울꽃은 그래서 더욱 의미가 깊게 느껴졌다. 은방울꽃의 꽃말은 ‘틀림없이 행복해진다’다. 그래서 연인의 투병을 묵묵히 지켜보고 완쾌를 기도하면서 응원한 신민아는 앞으로 더더더 행복해질 것이 분명하다.

은방울꽃이 신민아의 부케로 유명해지기 한참 전, 은방울꽃앓이를 했던 적이 있다. 꽃이 예쁘기도 하거니와 한번 심어두면 매우 잘 번식하고 월동도 잘하고 손 갈 것 없는 식물이라는 얘기를 들었기 때문이다. 게으름뱅이 5도 2촌 농부의 정원에 더없이 어울릴 것 같았다.

인터넷 쇼핑몰을 뒤지기 시작했다. 검색을 하다 보니 독일은방울꽃이란 게 눈에 띄었다. 독일은방울꽃은 독일에서 왔으니 그런 이름이 붙었을 테다. 우리나라 은방울꽃보다 꽃 크기가 커서 정원에 심어놓았을 때 더 화사하니 예쁘다는 게 아닌가. 그렇다면 독일은방울꽃으로 결정할까? 물 건너온 녀석답게 국산보다 2배 비쌌다. 한 촉만 심으면 보이지도 않을 테니 20~30촉은 사야 할 텐데, 양이 늘어나니 가격이 부담이다. 애국심을 발휘할 것인가, 물 건너온 독일은방울꽃을 선택할 것인가.

망설이던 어느 날, 동생들을 이끌고 뒷동산에 올랐다.

명목은 '산삼 산행'이었다. 가랑잎이 쌓여 발이 푹푹 빠지는 산길을 몇 시간 헤맸지만, 산삼은 그림자도 보지 못했다. 깊은 산에 들어갈수록 멧돼지가 나타나지 않을까 무서워 손에 들고 간 플라스틱 물병을 나무에 탁탁 치면서 소리를 냈다.

탁탁. (멧돼지야, 사람 가고 있어.)

탁탁. (멧돼지야, 얼른 도망가.)

탁탁. (멧돼지야, 금방 내려갈게.)

산삼은커녕 이러다 멧돼지에게 습격당할지 모른다는 생각에 3남매는 서둘러 산을 내려왔다. 길을 잃었나 싶다가 익숙한 무덤을 발견하고는 안도의 한숨을 쉬었다. 우리 집으로 내려가는 길을 알려주는 무덤이다.

이제는 살았다 싶어 주변을 살피며 느릿느릿 걷는데, 작고 하얀 꽃이 눈에 들어왔다. 쪼그려 앉아 들여다보니 은방울꽃이었다.

먼 곳에서, 심지어 독일에서 찾아오려고 했던 은방울꽃이 우리 집 뒷동산에, 그것도 무더기로 피어 있는 것이 아닌가. 기시감이 들었다. 틸틸과 미틸 남매가 찾아다니던 파랑새를 자기 집 마당에서 발견하는 것과 똑같은 시놉시스다!

남매가 늙었다는 점만 빼면 얼추 비슷해서 하마터면 노벨 문학상에 도전할 뻔했다.

산삼을 캐려고 가져갔던 호미로 은방울꽃 뿌리를 여러 촉 캤다. 조심조심 가져다 뒤란에 옮겨 심었다.

봄이 오면 은방울꽃이 새순을 내밀겠지. 은방울꽃이 피면 우리는 틀림없이 행복해질 테고 말이다.

딸기는
오늘도 달린다

딸기는 매우 뛰어난 달리기 선수다. 상상해보라. 딸기가 신발 끈을 단단히 조이고 맹렬히 달려 나가는 모습을.

딸기에게는 나이키 러닝화를 신지 않아도 밤낮없이 부지런히 달리는 유전자가 아로새겨져 있다.

딸기는 러너와 씨앗 2개로 번식한다. 그 의미는 다른 식물보다 2배 더 번식이 왕성하다는 뜻이다. 사람의 돈벌이로 치면 건물주로 월세를 받고 직장인으로 월급도 받는 형국이랄까.

따라서 한번 심어놓으면 주변으로 마구 번져나가 텃밭 전체가 딸기밭이 될 가능성이 크다. 나 같은 초보 농부에게 더없이 '혜자로운' 식물이 아닐 수 없다.

농사를 시작하며 나의 모토가 무엇이었나 다시 상기해

본다.

'손이 많이 가지 않을 것. 알아서 잘 클 것. 병충해에 강할 것. 풀을 이겨낼 것. 물을 자주 주지 않아도 될 것. 한번 심어두면 월동하고 내년에 알아서 또 나올 것.'

딸기는 내가 원하는 조건을 모두 가진, '게으른 농부를 위해 신이 내린 식물'이라고 정의 할 수 있다.

딸기를 심지 않을 이유가 하나도 없다. 마트에 가서 딸기 한 팩을 사 먹는 대신 언제 달릴지도 모르는 딸기 모종을 주문하기 위해 휴대폰 검색창을 열었다. 내일 지구가 망하더라도 한 그루 사과나무를 심는 웅장한 기분이 잠시 스쳐가기도 했다.

인터넷 쇼핑몰에서 모종으로 파는 딸기는 크게 두 가지 종류가 있었다. 설향과 킹스베리.

무엇을 사서 심으면 좋을까? 설향은 단맛과 신맛의 균형감이 조화를 이루고 있다. 킹스베리는 일반 딸기보다 크고 당도가 높다. 따라서 한 입 크게 베어 물면 향긋하게 터지는 청량미를 만끽할 수 있다는 정보를 얻었다.

이왕 검색을 가동한 김에 조금 더 조사해본다. 설향은 충남농업기술원 과채연구소 논산딸기시험장에서 개발된 국산 딸기 품종이다. 단맛과 신맛의 균형감이 좋다.

킹스베리는 충남농업기술원에서 일본 딸기인 '아키히메'를 대체하기 위해 10년 연구 끝에 개발한 품종으로 크기

가 크고 과즙이 풍부하다. 킹스베리가 재배하기 더 까다로
워 가격이 조금 더 비싸다.

한편, 매향은 1997년 논산딸기시험장에서 일본의 도치
노미네와 아키히메를 교배해 탄생시킨 품종이다. 큰 원뿔
모양이 특징이다. 금실딸기는 설향과 매향의 교배종으로 과
육이 단단해 식감이 좋고 새콤달콤한 맛이 어우러져 있는 것
이 특징이다.

현재 국내 유통되는 딸기 중 국산 품종 점유율은 96.3
퍼센트(2021년기준)를 넘는다. 20년 전에는 국산 점유율
이 10퍼센트도 안 됐다. 당시 딸기는 대부분 일본 품종이었
다. 2005년까지만 해도 일본 품종 점유율이 85.9퍼센트, 국
산은 9.2퍼센트였다. 2006년 정부가 국산 딸기 육성 정책을

펼쳐 농촌진흥청 '딸기연구사업단'이 품종 개발에 나선 결과, 일본 딸기를 이기고 시장을 지배하게 됐다.

현재 국내 시장에 유통되는 국산 품종 딸기는 18종인데, 그중 설향이 84.5퍼센트로 1위를 차지한다. 2위는 금실, 3위는 죽향, 4위는 매향이다.

여기까지 공부했으니 어떤 딸기를 심을지 결정이 명쾌해졌…을 리가 있나. 두 품종을 다 키우고 있는, 농사 카페 선배님께 질문을 남겼다.

"설향과 킹스베리, 어떤 딸기를 심을까요?"

농사 카페 선배님의 답변은 나를 더 결정 장애로 몰아넣었다.

"설향이 킹스베리보다 새콤함이 더 있고요. 딸기잼을 만드니 어릴 때 엄마가 만들어준 딸기잼 느낌이 났어요. 저희 강아지가 딸기 좋아하는데, 설향보다 킹스베리를 선호하더라고요."

설향이냐, 킹스베리냐.

사람이 좋아하는 딸기냐, 강아지가 좋아하는 딸기냐.

그것이 문제로다.

'4월의 눈'
실화인가요?

4월 중순에 때아닌 눈이 펄펄 내렸다. 3월의 눈도 귀한데 4월의 눈이라니. 4월의 눈은 기상 관측을 시작한 1907년 이래 118년 만에 처음이라고 한다. 고로 현재 살아 있는 사람들 중에서 4월에 내리는 눈을 본 사람은 우리가 처음이다. 이렇게 생각하니 엄청난 증인이 된 것 같은 비장한 마음까지 든다.

"만화방창 호시절에 아니 노지는 못하리라 차차차" 하려던 목련, 개나리, 벚꽃이 눈을 맞아 기가 죽었다. 봄이 왔다고 신나게 재잘대며 머리를 내밀었을 봄꽃들이 "아아앗! 세상 참 차갑네"라며 몸을 움츠리는 게 보이는 듯했다.

'패딩 세탁은 식목일에!'라는 패딩 요정의 슬로건도 올해는 틀렸다. 참고 참고 또 참았다가 식목일에 세탁해 넣은

패딩을 다시 꺼내 입어야 할 만큼 쌀쌀한 날씨다. 앞으로는 ‘패딩 세탁은 어린이날에!’로 바뀌어야 할지도 모른다.

꽃이나 패딩은 애교다. 날씨의 조화로 봄 농사가 걱정이다. 4월이 되면서 부지런히 봄 농사를 시작한 텃밭러들은 4월의 눈에 상추, 가지, 고추가 얼어 죽지나 않을지 노심초사하는 모습이었다. SNS에는 눈발과 함께 바들바들 떨고 있는 상추며 가지 모종을 담은 영상들이 쏟아졌다.

일찍 모종을 심은 텃밭러들이 물가에 어머니를 묻은 개구리처럼 울어젖힐 때 나는 아무것도 안 심은 자의 여유를 만끽할 수 있었다.

지난해 처음 농사를 시작했을 때 나 역시 부지런히 4월에 모종을 심어댔었다. 그 모습을 본 친척 아재께서 모종은 5월부터 심어야 한다고, 강원도는 4월에 서리가 내린다고 알려주셨기에 올해는 같은 실수를 하지 않았다.

따지고 보면 겨울이 너무 길다. 11월부터 겨울이니 12월, 1월, 2월, 3월, 4월까지 6개월이 겨울이다. 봄, 여름, 가을, 겨어어어어어어울이다.

기후학자들은 올해 더위가 더욱 극성을 부릴 것이라고 일찌감치 전망을 내놓은 바 있다. 특히 폭염이 심해져서 4월부터 11월까지 여름이 지속될 것이라고 자신 있게 전망했는데, 기후학자님들, 올해 4월은 빼주셔야겠어요.

이토록 갈팡질팡 갈피를 잡을 수 없는 날씨가 계속된다

면 농사는 더 어려워질 수밖에 없다. 이미 사과 생육 한계선이 점점 북상해 강원도에서도 사과가 잘 자라고 있다. 온난화 때문이다. 그러다가 갑자기 한파가 몰아닥치면 온난화에 맞춰야 할지, 한랭화에 맞춰야 할지 갈팡질팡하게 된다.

지인이 최근 자신의 SNS에 살구꽃, 배꽃이 서리를 맞아 하얗게 얼어붙어 있는 사진을 올렸다. 꽃이 한창 피는 시기에 강추위가 들이닥쳤으니 꽃이 얼 수밖에. 과일나무는 꽃이 피었을 때 추위로 저온 피해를 입으면 그 꽃은 열매로 이어지지 못하기 때문에 생산량이 확 떨어진다. 한창 꽃 피는 시기에 강타한 꽃샘추위로, 가뜩이나 금값이 된 과일이 올해 더 비싸질 것 같아 슬프다.

이상 기온은 알량한 나의 농사에도 영향을 미치고 있다. 5월에 내다 심으려고 파종해놓은 모종들이 추위 탓인지 거의 나오지 않았다. 씨앗을 뿌린 지 벌써 2주가 지났는데, 상추만 발아하고 나머지는 함흥차사다. 매일 들여다봐도 씨앗들은 꼼짝도 하지 않는다. 추워서 나오지 않는 것이라고 혼자 지레짐작한다. 올해 텃밭을 호화롭게 가꿔보겠다는 포부가 점점 더 작아져간다.

아직 시작도 하지 않은 알량한 농사지만, 올해 역시 고난의 여정이 기다리고 있다는 것을 예감한다. 날씨의 요정께서 부디 잘 도와주시기를.

초대하지 않은 손님,
미국선녀가 왔다

농약, 비료는 지구에 좋지 않은 것이라고 생각했다. 농약, 비료 없이 키운 농산물이 진짜라고 믿었다. 그 믿음이 얼마나 허술하고 말도 안 되는 것이었는지 직접 농사를 지어보니 알겠다. 채소, 과일이 자라는 과정에서 농약, 비료가 없으면 무슨 일이 벌어지는지 나는 몰랐다.

또다시 정의 내리고 싶어 입이 근질거리는데, 농사는 벌레와의 전쟁이다.

어쩌다 손바닥만 한 농사를 시작하며 농약을 사용하지 않고 자연 그대로의 방법으로 채소를 키우기 위해 애썼다. 제초제를 치지 않고 매번 땀을 흘려가며 손으로 풀을 뽑았던 것도 그런 이유였다. 그러나 벌레 떼의 공격에는 굴복하지 않을 도리가 없었다.

맨 처음 나를 놀라게 한 것은 케일 벌레였다. 파릇파릇 싱싱하게 자란 케일을 기대하고 텃밭에 나갔는데, 이게 웬일. 벌레가 잎을 모두 뜯어 먹어 잎은 없고 잎맥만 앙상하게 남았다. 상추는 멀쩡한데 케일만 뜯어 먹은 걸로 봐서 그 애벌레는 건강 추구형인 것 같았다. 케일이 간에 좋은 건 어찌 알았는지.

케일에 생긴 벌레는 벌레 월드 초급 단계였다. 케일에 달라붙어 있는 배추흰나비 애벌레를 나무젓가락으로 잡아주기만 하면 됐다. 이때는 꼬꼬(닭)가 살아 있을 때여서 잡는 족족 꼬꼬 먹이로 주면서 1석2조라고 좋아할 여유도 있었다.

얼마 후에는 생울타리로 심어놓은 사철나무가 벌레의 공격을 받았다. 70센티미터 정도 크기를 울타리로 심어놓고 부지런히 자라 외부 시야를 완벽히 차단해주기를 기다리며 애지중지하던 사철나무였다. 시골집에 갈 때마다 얼마나 컸나 점검하는데, 잎이 듬성듬성해진 게 아닌가. 이상해 잎을 뒤집어보니 애벌레가 득실득실 붙어 있었다. 마치 송충이처럼 생긴 퉁퉁한 벌레였는데, 검색으로 찾아보니 노랑털알락나방 애벌레라고 했다.

노랑털알락나방 애벌레는 수가 하도 많아 일일이 손으로 잡아낼 수 없었다. 나무를 흔들면 애벌레가 마치 번지점프를 하듯 실 한 줄을 제 몸에 묶고 허공으로 뛰어내렸다.

허공에 대롱대롱 매달린 벌레를 손으로 훑어 물에 넣었다. 그렇게 아침저녁으로 잡아도 벌레의 번식이 더 왕성했는지 사철나무 잎은 나날이 줄었고, 외부 시야 차단의 꿈은 점점 더 멀어져갔다.

화룡점정은 미국선녀벌레가 장식했다. 본격적으로 더워지기 시작하자 초대받지 않은 손님, 미국선녀가 시골집에 나타났다. 이름은 예쁘기만 한 미국선녀벌레가 그렇게 흉측한 모습일 줄이야.

두릅나무에 하얀 가루가 가득 뒤덮여 있어 가까이 가보니 살아 움직이는 벌레였다. 미국선녀벌레는 알에서 막 깨어난 유충일 때는 흰색 가루를 뒤집어쓰고 있다가 점점 크기가 커지고 연두색이 진해진다. 그리고 다 자라면 회색 나방이 돼 날아간다.

나무에 붙어 있는 미국선녀벌레는 수십수백 마리가 눈을 동그랗게 뜨고 정면을 응시하고 있어 바라보기에도 부담스럽다. 심지어 잡으려고 손을 대면 사방팔방으로 톡톡 튀어 달아나기까지 한다.

두릅나무를 유난히 좋아하는지 모든 두릅나무는 미국선녀벌레에 점령당했다. 그렇다고 다른 나무가 무사하냐면 그것도 아니었다. 감나무나 뽕나무, 심지어 가지잎에도 잔뜩 달라붙어 있었다.

채소 잎사귀, 나뭇잎마다 붙어 있는 벌레를 보며 유기농 농사가 얼마나 어려운 일인지 깨달았다. 병충해를 방지하기 위해 화학약품을 사용하지 않으면서도 건강한 농산물을 키워내는 분들을 새삼 존경하게 됐다.

농사가 크지도 않고, 농사지어 어디에 내다 팔 것도 아니니 천연 해충 방제법을 시험해보기로 했다. 가장 널리 사용되는 난황유부터 시작했다. 난황유는 달걀과 식용유를 섞어 만든다. 시판하는 마요네즈에 물을 섞으면 아주 간편하게 난황유를 만들 수 있다. 기름 성분이 벌레의 입을 막아 질식시키는 원리라고 한다. 난황유를 뿌려본 결과, 벌레를 완전히 박멸하지는 못했지만 개체수가 조금 줄어드는 효과를 봤다.

은행잎에도 해충 방제 성분이 있다고 해서 시도해봤다. 마침 시골집 뒷동산에 은행나무가 있다. 초록 은행잎을 따서 삶은 후 그 물을 뿌리면 된다고 해 은행잎을 가마솥에 넣고 삶았다. 은행잎을 삶고 있자니 왕궁에서 희빈의 지시로 몰래 사약을 만들고 있는 김 상궁이 된 기분이 들었다. 은행잎 삶은 물도 드라마틱한 효과는 없었다.

마지막은 미국자리공이다. 미국자리공 역시 해충 성분이 뛰어나다고 한다. 뿌리나 열매는 독성이 커서 실제 사약 만드는 데 쓰인다고. 뒷동산에 자라고 있는 미국자리공은 아직 열매가 익지 않아 적당한 때를 기다리고 있다.

신기하게도 시간이 흐르면서 벌레가 대부분 사라졌다. 천연 해충 방지법을 열심히 해서 벌레를 모두 퇴치한 것이었다면 좋으련만, 엄밀히 말하면 벌레들은 잘 먹고 잘 자다가 떠날 때가 되자 날개를 달고 날아갔다.

전설의 무림 고수 같은
농약 이름

제품 이름에 관심이 많은 편이다. 특히 약 이름 읽는 걸 좋아한다. 약 이름에는 대개 어떤 역할을 하는 약인지 바로 알 수 있게 직관적인 단어가 들어 있다. 그 이름을 지은 사람의 고뇌가 느껴지면서 약에 대한 애정이 생겨난다. 요즘에야 영어 단어를 남발해 직관적 재미가 줄었지만 과거의 약일수록 재미있는 이름이 많다. '코코시럽'은 콧물이 나는 코감기에 좋은 약이란 뜻이고, 기침을 멎게 해준다는 뜻의 '기침 멎게'라는 약도 있다. 자매품으로 '설사 멎게'가 있다. '코메키나'는 코가 막혔을 때 쓰는 약이다. '까스활명수'는 어떤가. 가스가 속을 시원하게 훑어 소화시켜줄 것 같은 이미지다.

농사를 짓고 나서 새롭게 농약 이름 읽기에 재미를 붙

였다. 농약 이름 역시 어떤 효능을 가졌는지 직관적으로 알 수 있게 지어졌다.

농사와 농약은 떼려야 뗄 수 없는 관계다. 농약 없이 농사를 지을 수 있을 것으로 자신했지만 곧 말도 안 되는 일임을 알게 됐다. 그리하여 시골에서는 농약방이 가장 자주 찾는 가게 톱 5에 손꼽힌다. 1위는 농기구나 용품 가게, 2위는 방앗간, 3위는 모종 가게다.

농약의 종류는 꽤 다양한데 크게 풀을 죽일 때 쓰는 제초제, 벌레를 죽일 때 쓰는 살충제, 병을 예방하는 살균제로 나뉜다.

제초제는 풀에 뿌리면 풀을 말라죽게 한다. 어느 풀이건 죽이기 때문에 채소나 꽃 등 키우는 식물에 닿지 않도록 조심해서 뿌려야 한다. 제초제 이름 중에서 인상적인 것은 '풀다이' '풀박멸' '풀샷' '풀난타' '초주금' 따위들이다. 제초제를 뿌리는 사람의 심정을 매우 잘 반영한 작명이라고 할 수 있겠다. '아시매'라는 이름의 농약이 있다. 제초제인데, 아시매기는 초벌 김매기의 순우리말이라고 한다. 김매기 효과를 낸다고 해서 순한글로 지은 것이라니 이름에 더욱 정이 간다. 제초제의 대명사 같은 제품은 근사미다. 근사미가 곧 제초제의 대명사처럼 쓰이기도 한다.

제초제 중에는 잔디에 특화된 제품도 있다. 잔디밭에 뿌리면 잔디는 죽이지 않으면서 나머지 풀만 죽인다. '상장군'

‘싹자바’ ‘초주금’ ‘바테스타’ ‘해도지’ ‘잔디로’ ‘수문장’ ‘살림꾼’ ‘잔디업’ 등은 모두 잔디밭을 위한 제초제다.

벌레를 죽이는 농약은 벌레 종류에 따라 다양하다. ‘나가충’은 “벌레야, 밭에서 나가”라는 의미로 유추된다. 과거 코미디언 중에서 “지구를 떠~나~거~라” 했던 목소리가 생각난다.

살충제 ‘바태다’는 밭에다 치는 농약이라는 의미로 지은 것으로 보인다. ‘다’가 붙었으니 두루두루 다 잡아준다는 의미일까?

살충제 중에는 ‘만루포’도 있다. 야구에서 따온 이름으로, 그야말로 만루에 터지는 홈런처럼 통쾌하게 잡아주겠다는 포부가 담겨 있다.

새를 쫓는 용도의 농약도 있다. ‘새모리’는 새들이 싫어하는 냄새를 풍겨 새가 곡식을 쪼아 먹는 것을 예방한다. 과거 허수아비와 같은 역할을 하는 농약이라고 보면 되겠다.

토양 살충제는 모종을 심기 전 흙에 섞어 뿌리 속 해충을 막아주는 농약이다. 대표적인 토양 살충제는 ‘모캡’이 있다. 모캡은 모종에 모자를 씌워준 것처럼 보호해준다는 의미로 풀이된다.

쥐약 중에도 재미난 이름이 많다. ‘슈퍼킬’ ‘쥐잡이’ ‘톰과 제리’ 등이 있다. 특히 마지막 약품은 〈톰과 제리〉라는 애니메이션에서 착안해 쥐를 잡는 고양이 느낌으로 붙인 이름

일 텐데, 쥐약 이름치고 과도하게 낭만적인 느낌이 든다.

살균제는 식물에 생기는 병을 막아주는 역할을 한다. 흰가루병, 노균병, 역병 등 곰팡이병을 예방해주는 약으로는 '다코닐' '벤레이트' '리도밀' '안트라콜' 등이 있다. 탄저병, 잿빛곰팡이를 예방해주는 약으로는 '토파스' '스코어' '탑신' '속시원' 등이 있다. 토양병을 예방하는 약으로는 '프리베나' '카브리오' 등이 있다. 살균제의 이름에는 콜(균), 밀(곰팡이), 레이트(화학적 느낌) 등이 자주 등장한다. 또 병과 싸운다는 느낌, 전투적인 느낌이 가미돼 있다. 마치 록밴드 이름 같은 살균제는 무대에서 노래하는 대신 잎 뒤에서 곰팡이를 잡는다.

농약은 대부분 색깔이 있다. 원액과 희석액을 구분하는

역할도 하고, 음용하면 안 된다는 경고의 의미도 있다. 색깔은 독성 표시를 알려준다. 분홍=맹독, 노랑=중등독성, 파랑=저독성, 초록=보통독성 식이다.

또 색깔별로 대략 그 용도도 구분할 수 있다. 흔히 노란색 계열은 제초제, 파란색 열은 생장조절제, 초록색 계열은 살충제, 분홍색 계열은 살균제이다. 그러나 이는 암묵적인 컬러 코드일 뿐 100퍼센트 법으로 정해져 있는 것은 아니다. 초록색 살균제도 있고, 파란색 살충제도 있다. 따라서 제품 겉면에 붙어 있는 라벨을 확인하고 용도를 구별해 사용해야 한다.

처음 농약을 치던 날이 생각난다. 농약방 사장님은 "1000분의 1로 희석해서 쓰라"고 하셨다. 농약 뚜껑을 따고 농약병에 적힌 용량을 확인한 후 물통을 가져다 놓았는데 도무지 1000분의 1을 계량할 자신이 없는 거다. 이럴 때 문과생인 것이 얼마나 난감하던지. 병뚜껑으로 한 뚜껑만 넣을까, 두 뚜껑은 넣어야 하나 갈팡질팡하고 있을 때 이웃 분이 방문하셨다.

"대충 하면 돼요, 대충."

나는 한 뚜껑을 물통에 따라 넣었다. 이만큼이면 될까요?

"더 넣어요. 그래야 잘 죽어."

나는 소심하게 한 뚜껑을 더 따라 넣었다. 이 정도요? 이게 1000분의 1인가요?

"더 넣어도 되고 덜 넣어도 돼요. 다 괜찮아."

농약을 계량하고 있자니 과거 요리 학원에 다니던 때 생각이 난다. 1테이블스푼, 1티스푼 등으로 표시된 레시피를 놓고 테이블스푼과 티스푼이 없어서 난감했다. 지금은 한국의 밥숟가락에 맞춘 레시피가 많다. 1밥숟가락, 2밥숟가락 식이다. 농약에도 그런 레시피가 나오면 좋겠다. 1000분의 1로 희석이 아니라, 2리터짜리 페트병에 한 뚜껑 식으로. 아, 전업 농부님들은 뚜껑에 계량할 필요가 없겠구나.

열매는 아무 말 없이도 자신을 증명한다. 복숭아는 달콤하고, 고야는 씩씩하며, 딸기는 사랑스럽다. 자라나는 모든 것은 개성이 있다.

PART 2

잎의 날들
자라나는 것들은
다 사연이 있다

텃밭에
참깨 심던 날

어엿한 2년 차 농부가 되고 나서 지난해의 경험을 바탕으로 물샐틈없는 농사 계획을 세웠다. 지난해 중구난방 농사를 통해 농사는 단일 종목을 하는 것이 효율적이라는 결론에 도달했다. 그 결과 올해 텃밭에 심을 작물은 참깨로 선정했다.

참깨는 엄마가 강력 주장한 작물이다. 엄마는 당신의 요리 비법으로 '들기름과 깨보숭이'를 꼽으신다. 그 두 가지를 얻기 위해서는 들깨와 참깨가 필요한데, 들깨가 아닌 참깨가 발탁된 이유는 바로 수확의 용이함 때문이다. 들깨는 꼬투리에 들어 있는 깨를 털기가 매우 어렵다. 여간해서는 잘 나오지 않는다. 이에 비해 참깨는 손만 대면 후루룩 쏟아져 나온다.

6월 첫 주, 참깨를 심기로 했다. 올해는 문명인답게 농기구의 도움을 받기로 했다. 지난해 텃밭을 괭이와 삽으로 일구느라 동생과 고초를 겪었다. 올해는 동네분에게 부탁해 트랙터로 로터리를 치고 멀칭해주는 기계로 멀칭까지 완벽하게 해결했다. 동생과 삽질을 했더라면 2~3일은 걸렸을 밭갈이와 멀칭이 단 1시간 만에 끝났다. 역시 인간은 도구를 써야 한다. 호모 파베르 만세!

읍내에 나가 참깨 모종을 사 왔다. 가는 날이 장날이라고 주천 장날이었지만, 한눈팔지 않고 참깨 모종만 사서 부리나케 돌아왔다. 참깨 모종 한 판에는 128포기의 참깨가 들어 있다. 3판을 샀으니 384개. 충분할 줄 알았건만 모자라서 읍내에 다시 가서 2판을 더 샀고, 그것도 모자라 반 판을 더 샀으니 총 704개의 모종을 심었다.

모종을 심는 일은 삽질에 비하면 식은 죽 먹기였다. 심지어 멀칭 비닐에 구멍이 뚫려 있어 파종기로 구멍을 뚫는 수고를 하지 않아도 됐다. 전날 내린 비로 흙도 촉촉해 온 우주가 참깨 심는 날을 축복해주는 것 같았다.

모종을 심고 물까지 듬뿍 주고는 올해 농사의 대풍년을 기대하며 잠이 들었는데, 다음 날 놀라운 일이 발생하고 말았다. 아침에 물을 주러 텃밭에 나갔던 엄마가 "뭐가 참깨 모종을 똑똑 끊어 먹었다"라고 하셨다. 나가 보니 과연 몇 개의 참깨 모종 모가지가 똑똑 꺾여 있는 게 아닌가. 도대체 누구의 소행일까?

동네 어른에게 여쭤보니 땅속에 사는 벌레라고 했다.

"참깨 심기 전에 토양 살충제를 쳤어야지. 지금이라도 토양 살충제를 쳐야지 안 그러면 벌레가 다 먹어."

참깨를 지켜야 한다는 일념으로 토양 살충제를 참깨 심은 구멍에 한 숟가락씩 떠 넣었다. 살충제는 매우 고약한 냄새가 났다. 마스크를 2개 겹쳐 썼지만 냄새가 들어와 머리가 어질어질했다. 사람이 맡아도 이리 독한데 벌레에게는 얼마나 독할까. 조금 미안한 마음이 들었지만 참깨를 사수하기 위해서는 어쩔 수가 없었다.

살충제를 뿌린 후에는 고랑에 제초 매트를 까는 작업을 했다. 곧 장맛비가 내리면 고랑에 온갖 풀이 가득 자라날 터였다. 뽑아도 뽑아도 또 자라나는 풀과의 전쟁에서 이기려면 제초제나 제초 매트가 필수다. 제초제는 영 마음이 내키지 않아 지난해에는 미련하게도 풀을 뽑고 또 뽑았다. 올해는 제초 매트를 미리 깔아 풀이 덜 자라도록 하자고 작정했다.

텃밭에 제초 매트를 다 깔려면 그 비용 또한 만만치 않아서 재활용을 선택했다. 마을 한편에 설치된 쓰레기장에는 농사에 쓰이고 버려진 비닐이며 제초 매트 등이 산더미처럼 쌓여 있다. 그중에 비교적 멀쩡한 제초 매트를 가져다가 텃밭에 꼼꼼히 깔았다. 엄밀히 말하자면 제초 매트는 아니고 다른 용도인 듯했으나 알 길이 없었다. 파란색 매트를 깔았더니 마치 텃밭에 바닷물이 들어온 것 같았다.

제초 매트까지 깔고 "작업 끝"이라며 홀가분하게 서울로 돌아왔지만, 마음은 텃밭에서 돌아오지 않았다. 바람이 조금이라도 불면 제초 매트가 날아가지는 않았을까 걱정하게 된다.

아무래도 텃밭에 CCTV를 설치해야겠다. 텃밭이 궁금해 일이 손에 안 잡히니까.

어느 날 내 풀밭에
농활대원이 왔다

초보 농부가 키우고 있는 풀밭에 농활대원들이 찾아왔다. 모르는 사람은 아니고, 같은 시기에 퇴사한 직장 후배들이다. 만나기만 하면 농사의 고단함을 얘기했더니 "선배 농사 도와드리러 한번 갈게요" 했다. 공짜 노동력을 놓칠세라 서둘러 날짜를 잡고 1박 2일 농활대원과 함께 시골집으로 내려갔다.

MZ세대들에게는 농활이라는 단어가 생소할 테다. 농활은 '농민학생연대활동'의 줄임말이다. 대학생들이 여름방학 때 농촌을 찾아가 부족한 일손을 돕던 활동으로 주로 1980~1990년대에 활발히 펼쳐졌다.

나도 대학생 때 농활에 참가한 적이 있다. 해남의 어느 시골 마을로 농활을 갔는데, 작업반장을 맡아 집집마다 농활대원을 배치해주는 역할을 했다. 농활대원에게 어떤 일을 맡길까 궁리하다 보니 대학생 때 작업반장의 추억이 떠올라 웃음이 났다.

첫날은 비가 내려 일을 하려야 할 수가 없었다. 귀한 일손이 찾아왔는데 비가 내려 일을 못 하게 되니 작업반장의 마음은 애가 탔다. 그렇다고 하늘에서 내리는 비를 막을 힘도 없어 마음을 내려놓고 놀기로 했다.

읍내 맛집에서 감자옹심이와 감자전을 먹고, 한옥 카페에 가서 분위기 잡으며 커피를 마셨다. 가는 날이 장날이라고 한옥 카페에서 마침 기타 연주회가 열려 귀까지 호사를 했다.

집으로 돌아와서는 아궁이에 불을 지펴 불멍을 했다. 아궁이를 향해 캠핑 의자를 나란히 놓고 불멍을 하다가 고구마도 구워 먹으며 촌캉스의 낭만을 즐겼다.

신나게 불멍을 할 때는 미처 예측하지 못한 일이 벌어졌다. 농활대원들이 장작을 얼마나 많이 땠는지 방바닥이 까맣게 타고 말았다. 방바닥을 태운 벌로 농활대원들에게 '종신 노역'을 선포했다.

저녁에는 아궁이에서 숯불을 꺼내 화로에 담아 고기를 굽고 맥주, 막걸리를 곁들여 먹었다.

새벽같이 일을 시작해야 한다고 엄포를 놓았더니 다음 날 농활대원들은 6시에 기상해 부지런을 떨었다. 빵과 커피로 간단히 아침을 먹고는 일 옷으로 갈아입고 8시쯤 노동의 현장으로 출발했다.

망초가 허리까지 자란 밭은 차마 밭이라고 하기 민망한 지경이었다. 오늘의 미션은 풀밭을 갈아엎고 멀칭한 다음 토종 팥 심기.

풀이 울울창창한 풀밭에서 농활대원들은 망초를 뽑고 삽으로 흙을 뒤집고 이랑과 고랑을 만드느라 땀을 흘렸다. 처음에 조잘재잘 떠들던 목소리가 차츰 사라지더니 곧 침묵에 빠져들었다. 뻐꾸기 소리만이 고요한 풀밭의 정적을 깼다.

밭일의 고갱이는 새참이다. 일하느라 힘들어 따로 음식을 준비할 여력이 없었다. 그래서 빵과 토마토가 전부였지만 노동 후 밭에 앉아 먹는 새참은 꿀맛이었다.

드라마 〈전원일기〉를 보면 새참을 먹는 장면이 무수히 많이 나온다. 새참은 즉시 에너지원으로 작용하기도 하지만 먹는 시간만큼 일을 쉴 수 있다는 점이 더 큰 목적이라는 생각이 들었다. 그 잠깐의 휴식은 그 무엇과도 바꿀 수 없는 소중한 시간이었다.

새참 먹은 기운으로 멀칭을 하고 파종기로 비닐에 구멍을 낸 후 팥 씨를 심었다. 물조리개로 물까지 주고 나니 점심시간이 훌쩍 지났다.

팔, 다리, 목, 허리가 아파 도무지 밥을 할 힘이 없던 우리는 세계인의 간편식 라면으로 점심을 먹기로 했다. 라면을 먹으며 그걸 발명한 이름 모를 분에게 감사를 보냈다.

수고한 농활대원에게 고마운 마음에 작약을 꺾어 선물로 안겨주었다. 마침 작약이 활짝 피어 듬뿍 잘라줄 수 있어 다행이었다. 이 작약으로 말씀드리자면 농사를 시작하며 심사숙고 끝에 고른 종목으로, 해마다 심지 않아도 알아서 월동하고 봄에 꽃을 피우는 효자 아이템이다.

짐을 싸서 서울로 돌아오는 길, 농활대원들은 저마다 신체의 고통을 호소했다. 각자 아픈 부위가 다 달랐는데 누구는 손가락이 구부러지지 않는다, 누구는 손에 물집이 잡혔다, 누구는 허리가 펴지지 않는다, 누구는 목이 돌아가지 않는다고 했다.

동시에 "우리가 심은 씨앗이 어떻게 자라는지 계속 궁금할 것 같다" "이렇게 힘들게 농사지으니 농부님들께 감사해야겠다" 등 농활에서 얻은 교훈을 이야기하기도 했다.

"다음에 또 언제 오겠느냐"는 내 질문에는 모두 대답을 회피했다. 이렇게 농활대원의 풀밭 방문은 처음이자 마지막으로 끝나고 말았다.

아버지가 없는 1년
(上)

아버지는 농부였다.

농부가 천직이었지만, 젊어서 자식들을 큰물에서 공부시키겠다는 엄마에 떠밀려 시골 땅을 팔아 상경했다. 아버지가 서른 살에 낳은 딸인 내가 아홉 살에 서울에 왔으니 그때 아버지는 서른아홉 살이었겠구나 셈을 해본다. 기차를 타고 와 청량리역에 내려 역전에서 먹었던 짜장면의 맛과 냄새까지 기억이 난다.

마흔을 목전에 두고 전혀 새로운 삶 앞에 당도한 젊은 아버지가 이제야 안쓰럽다. 1970년대 시골에서 이장일을 하며 "초가집도 없애고 마을길도 넓히고 푸른 동산 만들어 알뜰살뜰 다듬"던 아버지가 서울에 와서 할 수 있는 일은 마땅치 않았을 것이다. 아버지는 이런저런 사업에 손을 댔다가 번번이 사기를 당했다. 귀가 얇은 아버지(귀 얇은 건 4남매 중 나만 물려받았다)는 남의 말이라면 무조건 믿었다.

한 번은 아버지가 집에 늙수그레한 남자를 데려온 적이 있었다. 안방에 앉아 두 사람이 나누는 얘기를 들으니 어린 마음에도 막 웃음이 나왔다. 그 남자는 주머니에서 마패(유원지에서 팔 법한 조악한 물건이었다)를 꺼내더니 "우리 조상님이 어사 박문수 선생이었는데 조상 대대로 물려받은 귀한 마패"라는 것이었다.

아버지는 입을 벌릴 만큼 몰입해 듣고 있었다. 어느 정도 말발이 먹혔다고 생각했는지 이 남자는 아버지에게 "이 마패를 가지고 사업을 하면 엄청나게 큰돈을 벌 수 있다. 같이 하자"고 했고 아버지는 흔쾌히 수락했다. 아버지가 마패 사업에 투자해 얼마를 잃었는지는 알지 못한다. 말도 안 되는 사업을 한다고 여기저기 돌아다니며 가정을 돌보지 않는 아버지와 불화하면서 어른이 됐다.

아버지가 시골로 내려가 농사를 짓기 시작하면서 비로소 우리 집에 평화가 왔다. 아버지의 표정은 가방에서 꺼내 놓은 토마토, 가지, 호박, 오이, 상추같이 유순해졌다. 오디 철에는 오디를 따 오셨고 다슬기를 잡아 오거나 서리태를 가져오시기도 했다.

텃밭 농사를 지어보면 알지만 여름 채소는 한꺼번에 너무 많은 양이 쏟아져 미처 다 소비할 수가 없다. 우리는 아버지가 가져온 농산물의 고마움도 모르고 지청구를 했다.

"아버지, 농사를 줄여요. 이렇게 많이 하면 다 먹지도 못하고 냉장고에 넣어야 하는데, 냉장고가 꽉 차 더 넣을 데도 없어요. 힘들게 왜 이런 쓸데없는 일을 해요."

아버지는 서울에 올라왔다가 하룻밤을 자기가 무섭게 시골로 내려가셨다. 더 계셨다 가라고 붙잡아도 밭에 가봐야 한다면서 뿌리치셨다.

2023년 9월 4일 월요일 오전 9시. 여느 때처럼 출근해 후배들과 모닝커피를 마시고 있는데 고향 오촌 아재가 전화를 하셨다.

"느이 아버지가 없어졌다. 자전거가 강가에 있는데 사람은 안 보여. 자전거에 이슬이 있는 게 어제 놔둔 거 같다. 어서 내려와 봐야겠다."

119에 신고를 하고 서둘러 내려가 보니 동네 사람들이 강가에 모여 있었다. 강가에는 아버지의 자전거가 덩그러니 놓여 있었다. 자전거는 아버지의 손발이었다. 100미터 거리도 걸어가는 법 없이 자전거를 타셨다. 자전거가 강가에 있다는 것은 아버지가 자전거를 세워놓고 강을 건넜다는 뜻이다.

아버지가 농사짓는 강 건너 밭은 다리가 없어 바지를 걷고 물을 건너야 했다. 비라도 와서 물이 늘면 수위가 허리까지 왔다. 물살이 세 허리까지 물이 차면 건너기가 어렵다.

그런 때는 상류로 올라가 보를 건너뛰는 방식으로 건너셨다. 보는 가둬진 물이 쏟아져 내려오는 곳이 세 군데 정도 있는데, 물살이 급해 발을 삐끗하면 물에 쓸려 내려갈 만큼 위험천만했다.

팔순이 넘은 아버지가 보를 위험하게 건너뛰는 모습을 지켜보는 자식의 마음은 늘 불안했다. 아버지에게 강 건너 밭은 이제 농사짓지 말자고 여러 번 얘기했지만 땅을 놀릴 순 없다고 매번 건너다니셨다.

아버지를 말리지 못해 군청에 민원을 넣기도 했다. 팔순의 노인이 땅을 놀리면 큰일 난다고 생각하기 때문에 농사를 계속해야 하는데, 강을 건너기가 위험하니 징검다리라도 놔주면 좋겠다고 읍소했다. 그러나 군청 공무원의 답변은 한결같았다. "징검다리를 놓으면 강의 흐름에 방해가 돼 안 된다. 지적도에 돌아가는 길이 있으니 그 길로 다녀라"라는 답이었다.

군청 공무원이 얘기한 길이란 마을을 2개도 더 지나 4륜 구동 자동차만 들어갈 수 있는 험난한 비포장도로 산길이다. 자동차도 없고 운전도 못 하는 노인이 농사지으러 가기에는 말도 안 되게 멀고 험한 길이다. 그 길을 돌아가라고 하니 아버지는 위험을 무릅쓰고 강을 건넜다.

어쩌면 예견된 사고였다. 강물에 휩쓸려 실종된 아버지를 119 소방대원 분들이 반나절 넘게 수색해 찾아냈다. 자동차로도 5분 넘게 가야 하는 곳이었다. 병원이 아닌 곳에서 가족이 사망하면 경찰 조사와 검찰 조사를 받아야 한다는 사실도 그때 처음 알았다. 영월의료원에서 의사의 소견을 받고 경찰 조사, 검찰 조사를 거쳐 '타살 혐의 없음'을 확인하고서야 장례식장으로 모시고 갈 수 있었다.

장례를 치른 후 가장 많이 울었던 시간은 아버지의 냉장고를 정리할 때였다. 냉장고에는 돌아가시기 전날 동네분들과 짜장면을 드시고 남겨온 단무지가 들어 있었다. 단무지 세 조각이 담긴 그릇을 들고 하염없이 울었다.

아버지가 마지막 드신 음식은 짜장면이었다.

아버지가 없는 1년
(下)

문학청년이었던 아버지는 꽤 많은 일기장을 남겼다. 하루도 빼놓지 않고 그날의 일을 몇 줄의 일기로 기록했다. 아버지 일기에는 농사 사이클이 비교적 상세히 적혀 있다. 겨울에는 밭을 만들고 봄에는 씨를 뿌리고 여름에는 풀을 매고 가을에는 거두는 것이 농사의 큰 틀이지만, 지역에 따라 농작물의 파종과 추수 시기가 조금씩 다르다. 아버지가 심은 날짜에 심고 추수한 날짜에 거두면 틀림없으리라.

아버지는 혼자 힘으로는 힘에 부칠 만큼 많은 농사를 지었다. 채종포 옥수수 농사가 가장 컸고 고추, 참깨, 들깨, 메밀, 배추, 무, 서리태, 고구마까지 골고루 심었다. 왜 그리 욕심을 부리시냐고, 이제 농사 욕심을 좀 내려놓으시라고 수없이 아버지를 타박했었다. 그 대답이 아버지의 일기에 있었다.

일자리를 나가서 하고서 담을 발라 보고서 내맞으로 건너가서 모래밭을 갈았는데 힘이 많이 들지만 하고 싶어서 땅의 애착심에서 나는 하고 있다. 바라는 것은 없다. ― 2020년 3월 19일 맑음

날씨는 많이 더워서 일하는데 힘이 든 시기다. 그래도 하고 해야 할. 흰 콩을 산 밑의 밭을 갈고 심어야 해서 풀을 갈고 비료와 거름을 많이 해서 심었으니 잘 되겠지. ― 2020년 6월 10일 맑음

감자 작업을 하고서 마주 캐고 콩을 심는데 비료를 놓고서 옆에다 심었다. 고구마 싹을 잘라다가 한 줄을 심어놓았다. 6月은 힘들게 한 달을 보낸 것이다. 너무나 일이 겹쳐서 이것을 지혜롭게 넘기느라고 많은 노력을 기울였으나 결과의 결실은 없고 지나가는 것이 지금의 시간이다.
― 2020년 6월 30일 맑음 소나기

내맞밭을 가서 들깨 옥수수 콩 메밀들이 서로 앞다투어 자라는 것을 보면 나의 마음은 행복하다. 풀 한 포기라도 뽑고 싶어 진다.
― 2020년 8월 16일 맑음

아침에 고추를 마당에 널고 부엌에 불을 때고서 내맞으로 물을 건너서 밭을 들러가니 참깨, 들깨, 메밀들이 하루가 다르게 커가고 있어서 마음

의 즐거움이 생기었다. — 2020년 8월 28일 맑음

아버지는 땅에 대한 애착심 때문에 농사를 지었고, 작물이 커가는 모습을 보면서 행복을 느꼈던 거였다. 내 손으로 심은 생명이 커가는 것을 보는 행복은 올해 텃밭 농사를 지으며 내가 느꼈던 바로 그 감정이었다. 땅에 대한 애정이 커지면서 조금이라도 땅에 좋은 것을 주고 싶어지는 내 마음이 아버지의 마음이었다.

웬만해선 자신의 마음을 표현하지 않던 투박한 아버지는 가족에 대한 사랑과 미안함을 일기장에 적어놓기도 했다. 매일 아버지의 일기를 조금씩 읽으며, 시골을 오가면서 농사를 지으며 나는 이제야 비로소 아버지를 가족이 아니라 한 인간으로 이해할 수 있게 되었다.

오늘은 하루종일 집에 있으며 율무에 비료를 주고. 영준이가 와서 같이 있었다. 그러다 오후 8시에 올라갔다. 그래서 쓸쓸했다.
— 2020년 7월 31일 맑음

앞밭을 갈고 손질을 하는데 서울서 아이들이 내려와서 같이 음식을 맛있게 먹고서 즐거운 시간을 보내고 많은 과거를 회상해 보았다. 내가 예전에 알았다면 잘 살 수가 있었을 것을 몰라서 헛되이 시간과 돈을 낭비

Diary
3月 19日 금 맑음
영화를 보러가게 되고서
담을 받아 보라서 내맘대로
건너가게 모래밥을 가는데
길이 많이 들지만 라고싶어
세 땅에 애착심에 나두고고
있어 바라는 것도 없다

하고 말았고나 하는 생각에 잠겼다. 왜 그랬을까.
— 2020년 4월 10일 맑음

일자리 하고 집안일을 보고서. 내맞밭으로 유박을 한포 지고 가서 아래 밭에 3포를 뿌리고 오디를 16K 주어가지고 와서 놓고서 송해씨의 죽음을 영화로 엮어서 하는 것을 보았다. 참으로 인생은 허무하다. 왜서 삶을 위해서 끝없이 싸우며 헤쳐 나가다가 아무것도 남김없이 가고 말까. 이것이 인생의 길이다. — 2022년 6월 8일 맑음

나는 매일 아버지의 일기를 조금씩 읽으며, 내가 매주 편도 2시간 30분 거리의 고향으로 내려가 텃밭 농사에 매달리는 이유도 깨달았다. 나에게 농사를 짓는 시간은 농사꾼의 딸로서 아버지를 애도하는 시간이었다.

나는
강원도 찰옥수수파

강원도 출신이라면 좋아하는 음식으로 첫손에 꼽는 것이 강원도 찰옥수수다. 몇 년 새 초당옥수수가 옥수수계의 기린아로 급부상했지만 '강원도 찰옥수수파'들의 찰옥수수에 대한 사랑은 끄떡없다. 한여름, 뜨겁던 해가 넘어가 시원한 바람이 불어오는 툇마루에 앉아 쫀득쫀득한 찰옥수수를 뜯어 먹으면 "여름이 있어서 좋다"는 생각이 저절로 든다.

좋아하는 채소와 과일을 실컷 심을 수 있다는 것이 농부의 특권이다. 올여름 강원도 찰옥수수를 원 없이 먹을 요량으로 찰옥수수를 대량 심으려던 나의 계획은 시작도 하기 전에 좌절됐다. 강원도를 대표하는 강원도 찰옥수수를 슬프게도 우리 마을에서는 한 포기도 심을 수가 없었다. 강원도가 글로벌 메가시티가 되면서 찰옥수수 금지령이 내려진…것이 아니라, 우리 마을이 농촌진흥청에서 실시하는 사료용 옥수수 종자 생산 마을, 즉 채종포 마을로 지정되어 있기 때문이다.

농촌진흥청이 지정한 사료용 옥수수 종자를 심어 규격에 맞는 종자를 생산하면 농촌진흥청이 전량 수매해가는 식이다. 만약 정해진 방식대로 생산하지 않으면 종자 품질이 떨어지기 때문에 수매에서 제외된다.

그런 이유로 마을 전체에 농촌진흥청 종자 외 다른 옥수수를 심으면 안 된다는 법이 생겼다. 뒤란에 몰래 심으면 괜찮지 않나 싶지만, 들키는 날에는 벌금을 물어야 한다. 이렇게 엄격하게 규제하는 이유는, 옥수수가 교잡이 잘 일어나는 식물이기 때문이다.

옥수수는 한 대에서 암수가 나오는데 대 끝에서 나오는, 통상 개꼬리라고 불리는 놈이 수꽃이다. 삐죽삐죽 머리카락 같은 꽃에 수분이 매달려 있다. 암꽃은 옥수수에 달린 옥수수수염이다. 개꼬리에서 수분이 떨어져 암꽃인 옥수수수염에 떨어지면 수정이 이뤄져 옥수수알이 찬다. 옥수수수염 하나가 옥수수 한 알이 된다니 신기하다.

이때 인근에 있으면 서로 영향을 주고받는다. 예컨데 찰옥수수 옆에 초당옥수수가 있으면 찰옥수수도 아니고 초당옥수수도 아닌 요상한 옥수수가 탄생한다. 우리 마을이 종자용으로 심는 옥수수는 사료용 옥수수기 때문에 강원도

찰옥수수는 금지 품목이다. 그런 줄도 모르고 "올여름 찰옥수수 먹으러 놀러오세요"라고 남발했던 공수표를 회수해야 했다.

옥수수에서 개꼬리가 나오는 6~7월이면 마을 어르신들의 손길이 바빠진다. 채종포용 옥수수는 개꼬리를 일일이 손으로 따줘야 한다. 개꼬리를 따줘야 하는 이유는 무엇일까. 수정이 끝난 후 교잡이 일어나지 않게 하기 위해서다. 재빨리 개꼬리를 제거해야 품종을 지킬 수 있다.

언젠가 인터넷에서 본 알록달록 보석 옥수수가 떠올랐다. 미국의 비영리 종자 단체 '네이티브 시즈'가 온라인에서 파는 '글래스 젬 콘 Glass Gem Corn'이라는 이름의 옥수수로 빨강, 파랑, 보라, 분홍, 노랑, 하늘색 등 다양한 컬러로 이뤄져 있다.

보석처럼 영롱하고 아름다운 이 옥수수는 미국 오클라호마에 거주하는 칼 반즈 Carl Barnes(1928~2016)라는 농부가 심어 2012년 페이스북과 레딧에 사진을 공개했다. 글래스 젬 콘이 공개된 후 네티즌들은 사진 조작이 아니냐고 의심했지만, 실제 먹을 수 있는 옥수수였다. 약 세 가지 정도의 품종을 교배해 만들어낸 것으로 인디언 부족에서 씨앗이 전해진 것으로 알려졌다.

아버지가 찰옥수수를 마을에서 멀고도 먼, 강 건너 산비탈 밭에 심었던 이유를 이제야 알게 됐다. 강 건너 밭은 사람 발길이 드물어 멧돼지가 자주 출몰하는 곳이다. 아버지가 심어놓은 옥수수는 대개 멧돼지가 먹어치웠다.

"아버지, 멧돼지가 다 먹는 걸 뭐 하러 심어요. 힘들기만 하지, 남는 것도 없는데."

"멧돼지도 먹고 남으면 나도 먹지."

지금쯤 강 건너에 사는 멧돼지들이 의아해하고 있을 것만 같다. 왜 올해는 이 밭에 먹을 게 없지. 늘 먹을 걸 심어주던 할아버지는 왜 안 올까?

여름에는
호박도래적을 부친다

"오늘은 호박도래적 부쳐라."

어린 시절, 3대가 모여 살던 우리 집에서는 할아버지 말씀이 법이었다. 할아버지는 대사는 물론 소사에 이어 초초초소사인 매일의 메뉴까지도 결정했다.

할아버지의 말이 떨어지기가 무섭게 할머니와 엄마는 명령받은 음식을 만들기 위해 텃밭으로 뒤란으로 이리저리 뛰어다녔다.

여름에 할아버지가 자주 주문한 음식이 호박도래적이다. 호박도래적은 왜 호박도래적일까 갑자기 궁금해진다. 강원도에서는 전을 거의 적이라 불렀으니 기름 넣고 지지는 음식을 말할 테고 도래는 뭘까, 사전을 뒤적여봤다.

1 어떤 시기나 기회가 닥쳐옴. 2 물을 건너옴. 3 문이

저절로 열리지 못하게 하는 데 쓰는 갸름한 나무 메뚜기. 4 어장. 5 둥근 물건의 둘레. 6 도라지의 방언(경상). 7 가랑이의 방언(함경). 8 도랑의 방언(함북). 9 규, 걸음쇠. 10 수선의 방언(함남). 11 두레의 방언(경남). 12 둥근의 뜻을 더하는 접두사. 13. 낚싯줄이 꼬이지 아니하고 자유로이 감겼다 풀리도록 낚싯줄의 굴레와 고삐 사이를 이은 물건.

도래에 둥글다는 의미가 있다고 하니, 호박을 둥글게 썰어 부치는 데서 유래한 것으로 추측해본다. 둥근 모양이라는 점에서 호박전과 다를 바가 없는데, 호박전은 달걀물을 입히고 호박도래적은 밀가루 반죽을 쓰는 것이 다르다. 또 하나 결정적 차이라면, 호박전은 애호박으로 만들어 한 입 크기의 앙증맞은 모양이지만 호박도래적은 조선호박으로 만들어 지름이 20센티미터 정도가 되는 큼직한 크기를 자랑한다.

할머니는 텃밭에 나가 조선호박을 따오고, 엄마는 화로에 불을 피운 다음 솥뚜껑을 걸었다. 호박을 동글납작하게 썰어 굵은소금을 조금씩 뿌려 재우는 동시에 밀가루에 물을 넣고 반죽을 만든다. 이때 밀가루 반죽은 너무 묽지 않게 점도를 조절해야 한다. 너무 묽으면 반죽이 호박에 달라붙지 않고 흘러버린다. 밀가루 반죽에는 소금을 넣지 않아도 된다. 마늘, 고춧가루, 파, 매운 고추를 쫑쫑 다져 넣은 양념간장에 찍어 먹기 때문이다.

밀가루

솥뚜껑이 달아오르면 들기름을 두르고 호박을 가루 밀가루에 굴렸다가 밀가루 반죽을 묻혀 지진다. 호박에 가루 밀가루옷을 입혀야 밀가루 반죽이 호박에 딱 달라붙는다. 들기름을 넉넉히 둘러서 튀기듯 지져야 더욱 맛있는 호박도래적이 만들어진다.

막 지져낸 호박도래적은 그 자리에서 후후 불어가며 먹어야 제맛이다. 바삭한 밀가루 반죽 속에 말캉하게 익은 호박이 향긋하고 고소해 앉은 자리에서 한도 끝도 없이 먹을 수 있다.

올여름, 첫 호박도래적을 부쳤다. 올해는 직접 키운 호박을 텃밭에서 따서 만들었기에 더욱 잊을 수 없는 호박도래적이 됐다.

이 호박으로 말할 것 같으면, 지난 5월에 텃밭 가장자리에 5개쯤 씨앗으로 심었더랬다. 비료도 거름도 하지 않은 (사실은 어떻게 하는지 몰라서 못 한) 밭이라 그랬는지 7월까지도 자라는 게 보잘것없었다.

"우리 집 호박은 한 개도 안 달리네. 호박 농사도 어려운 거였어!"

그렇게 호박 농사도 실패 쪽으로 분류하려던 차였는데, 8월을 맞아 내려가 보니 호박이 이래도 되나 싶을 정도로 무성하게 자라 텃밭의 절반을 덮고 있었다. 분명 텃밭의 가장 구석 자리에 지붕을 타고 올라가라고 심은 호박은 지붕을 거부하고 텃밭으로 진격해 작약을 덮고 마를 덮고 토마토와 가지를 공격 중이었다.

무성한 호박잎을 들춰보니 주먹만 한 호박이 제법 달려 있다. 따는 시기를 놓쳐 늙어가고 있는 호박도 있었다.

올해 호박 농사는 성공으로 분류했다. 성공은 성공인데 절반의 성공이다. 호박이 타고 올라갈 줄을 제대로 만들어주지 않아 텃밭의 다른 작물들을 마구 뒤덮었기 때문이다.

텃밭 중앙까지 진격한 호박 줄기를 잡아채 방향을 돌려놓고, 지나치게 무성한 줄기는 눈물을 머금고 잘라냈다. 그날 농사 일지에는 "호박은 뒤란 외진 곳에 심을 것. 어마무시하게 자리를 차지함"이라고 적어놓았다.

천신만고 끝에 얻은 호박으로 호박도래적을 만들었다. 호박도래적을 한 입 베어 물면, 바삭한 겉면과 달리 속은 부드럽고 촉촉하다. 호박의 은은한 단맛이 입안 가득 퍼지면서, 들기름의 고소한 향이 코를 스친다.

"오늘은 호박도래적 부쳐라" 하시던 할아버지도 안 계시고, 막걸리 안주로 호박도래적을 좋아하던 아버지도 안 계시지만 호박도래적을 먹으며 두 분을 떠올릴 수 있어 다행이다.

벌에 대차게 쏘인 날

5도 2촌 텃밭러에게 시골에서의 1박 2일은 '습격 작전'이나 마찬가지다.

차에서 내려 짐을 들고 마당에 들어서면서 재빨리 마당과 텃밭 상태를 스캔한다. 파쇄석을 뚫고 풀들이 창궐했고, 호두나무는 가지가 늘어져 땅에 닿을 듯하다. 상추나 가지에는 하얀 벌레가 잔뜩 붙어 있고 고랑마다 풀이 가득하다.

짐을 내려놓은 다음 농사 모자와 목장갑을 끼고 장화를 신는다. 이어 선호미를 들고 마당으로 나서기까지 채 5분도 걸리지 않는다. 마당에서 눈에 보이는 풀을 처삼촌 벌초하듯 대충 뽑으면서 텃밭으로 진격한다.

하루에도 비가 내렸다 그치기를 여러 차례 반복하는 '동남아풍 장마' 아래서 풀은 제 세상을 만났다는 듯 먹고 춤추고 노래했다. 한마디로 개판, 아니 풀판이었다. 한번 밭에 들어가면 빠져나올 수가 없는 '그린홀'이다.

6월에는 고랑에 쪼그리고 앉아 호미로 뿌리까지 정성껏 뽑았다면, 7월에는 그럴 여유가 없다. 뿌리가 굵고 깊어 풀 하나를 잡고 낑낑대다가는 진도를 뺄 수가 없다. 서서 풀을 절단하는 선호미로 줄기를 끊어주는 정도에서 그쳐야 한다. 적을 전멸하겠다고 꼼꼼함을 발휘했다가는 밭고랑 지박령 신세를 못 면한다.

무릎까지 자란 풀을 얼추 처단하고 선호미를 놓기 위해 연장을 보관해두는 처마 밑에 갔을 때 벌집이 눈에 들어왔다. 라면 박스에 주먹만 한 집을 지어놓고는 여덟 마리쯤 되는 벌들이 드나들고 있었다. 등 색깔이 진한 걸로 봐서는 말벌이었지만, 크기는 말벌보다 작았다. 게다가 벌집 크기도 작으니 간단히 해결할 수 있겠다고 생각한 그때의 나를 업고 튀고 싶다.

만만하다는 생각과 동시에 선호미를 들어 벌집을 냅다 때렸다. 벌집은 쉽게 박스 바닥으로 떨어졌다.

벌집이 박스 안으로 굴러떨어지자 집을 잃은 벌들이 우왕좌왕했다. 벌집을 찾아 태워야지 하며 선호미를 박스로 가져가려던 찰나였다. 안절부절못하는 벌들 사이에 군계일학 한 녀석이 고개를 획 돌리더니 나를 노려보는 게 아닌가. 곤충이나 동물의 언어를 인간이 알아듣지 못한다는 게

얼마나 다행인지. 희한하게도 벌이 눈빛으로 나에게 욕을 하는 것이 느껴졌다.

나를 노려본 벌이 그대로 돌진해 내 손등을 사정없이 쐈다. 그야말로 나비처럼 날아 벌처럼 쐈는데, 통증의 크기를 숫자로 표현하자면 9쯤 됐다.

"아악!" 소리가 절로 나왔다. 그나마 한 마리만 날아와 한 번만 쏜 것을 고맙다고 해야 할까.

벌은 나를 공격한 후 그대로 돌아서 제집의 상태를 살피러 날아갔다.

이제야 생각건대 그 벌은 군인 직급임이 분명하다. 주먹만 한 벌집에 붙어 있던 벌들이 공격을 받자 대부분 어리

둥절해하며 떨어진 벌집을 찾아 헤맨 것과 달리, 이 벌 한 마리만은 적을 정확히 찾아 따끔하게 응징했다는 점에서다.

벌의 기억력이 궁금해진 것도 난생처음이다. 군인 벌이 내 얼굴을 기억할 것 같아 그 후로는 연장 근처에도 가지 못하고 있다. 한 달 때쯤이면 잊어버릴까. 평생 기억하거나 그러진 않겠지.

침을 빼고 소독한 후 통통 부어오른 손목을 부여잡은 채 '말벌에게 쏘였을 때'를 검색하노라니, 한산섬 달 밝은 밤 이순신 못지않게 처량했다.

벌에 쏘이면 한 시간 이내에 쇼크가 올 수 있다는 무시무시한 글을 읽으며 한 시간이 무사히 지나가기를 기다렸다. 그 한 시간 동안 착한 사람이 되어야겠다는 생각, 엄마에게 더 잘해야겠다는 생각, 1년 넘게 고민하고 있는 안마의자를 사야겠다는 생각 같은 것들을 했다.

나중에 오촌 아재네 마실 가서 말씀드리니 "그거 말벌 아니여. 바달이벌이여. 말벌이 쏘면 그 정도로 안 끝나. 말벌이 을매나 독하다구" 하셨다.

이번 습격 작전은 바달이 장군의 일격에 대패로 돌아갔다. 말벌집이 보이면 무조건 119에 신고해야 한다는 교훈을 얻었으니 절반의 성공인가.

비 오는 날의
텃밭 랩소디

나의 오래되고도 고질병적인 습관이 하나 있으니 바로 정의하기다. 어떤 깨달음이 오면 전광석화처럼 정의를 내린다. 오죽하면 친애하는 후배 임모 군이 나에게 "제발 정의 좀 내리지 마세요. 선배에게는 내일 또 다른 깨달음이 올 테니까요"라고 읍소했을 정도.

이 습관은 20대에 시를 쓰며 생긴 게 아닐까 싶다. 일상에서 빛나는 은유와 직유, 환유, 상징 같은 것들을 찾아내야 한다고 전전긍긍하다 무엇이든 정의해야 하는 몹쓸 병을 얻고 말았다.

임 군은 나에게 '깨달음 전문가'라는 별명을 지어주면서 "오늘 깨달음을 까맣게 잊고 내일 또 다른 깨달음을 얻을 것이므로 결국 아무 소용이 없는 깨달음의 연속 아닌가"라는 매우 철학적이면서 본질에 근접한 진단을 내리기도 했다. 속으로 흠칫 놀랐지만 태연한 척 "이번 깨달음은 한 달 이상은 갈 매우 중요한 깨달음"이라고 항변하곤 했다.

얼마 전까지만 해도 '농사는 풀과의 전쟁에서 승리하는 것'이라고 정의했는데, 금세 또 다른 깨달음이 오고야 말았다. 깨닫고 싶지 않았는데 저절로 깨닫게 됐다. 다시 정의하건대 '농사는 날씨'다.

농사는 농부가 짓지만 결과물을 만들어내는 것은 날씨라고 해도 과언이 아니다. 농사 입문 한지 얼마 되지도 않아 이런 사실을 깨쳤다니 거의 신동이 아니냐고 이 어리지 않은 연사는 외쳐본다.

도시의 삶이란 사실 날씨와 큰 상관이 없다. 백화점이나 쇼핑몰에 들어가면 비 한 방울 맞지 않고 원하는 시간을 보낼 수 있고, 날씨가 아무리 가물어도 손가락 몇 번 움직이면 싱싱한 과일이며 채소가 현관문 앞에 당도한다. 출근 전 날씨 앱을 확인하는 것은 우산을 챙길까 말까 결정하기 위해서고, 주말의 날씨를 검색한다면 그건 야외 나들이를 계획하고 있기 때문이다.

시골에서는 날씨가 활동의 대부분을 가른다. 해가 쨍쨍하면 씨앗이나 모종을 심거나 김을 매고 비가 오면 활동을 중단하고 쉰다.

물이 얼마나 소중한지 새삼 느끼게 된 것도 땅에 뭔가

를 심고 나서부터다. 텃밭의 온갖 작물은 모두 물을 먹고 자란다. 물이 부족하면 시들시들 제대로 자라지 못한다.

처음에는 수돗물을 받아서 텃밭 작물들에 물을 줬다. 텃밭 작물이 흡족해할 때까지 실컷 물을 먹이기도 전에 수도세 걱정이 들어 슬며시 물을 잠그고 말았다.

저절로 물을 아끼는 사람이 됐다. 동생은 싱크대 옆에 플라스틱 통을 놓고 채소 씻은 물, 쌀 씻은 물을 따로 받아 놓기 시작했다. 주방 세제를 사용하지 않은 물은 모두 텃밭 용으로 모아둔다. 서울에서라면 즉시 하수도로 내려갈 물 을 한 번 더 사용하는 것은 조금 번거롭지만 기분은 매우 근 사한 일이다. ESG를 실천하는, 지구에 무해한 인간형이 된 것 같은 웅장한 마음이 따라온다.

비 오는 날은 빗물을 받는 날이다. 마당 곳곳에 큰 통을 놓고 빗물을 받는다. 처마에서 모여 내려오는 빗물은 양이 제법 되기에 커다란 통도 금방 찬다. 빗물이 가득 차면 마치 냉장고에 밑반찬을 가득 채워둔 양 든든하다.

엄마가 온갖 걸레를 들고 집안팎을 들락날락하는 것도 그때다. 온갖 먼지는 모두 퇴출시키겠다는 의지로 엄마는 걸레질을 하고 또 한다. 걸레질을 한 걸레는 받아놓은 빗물로 빤다. 빗물이라고 이렇게 헤프게 써도 되나 싶게 엄마는 걸레를 여러 번 빤다.

그러고 보니 아버지도 늘 빗물을 받아두셨다. 그 빗물을 아까운 줄도 모르고 홀랑홀랑 쏟아버렸던 기억이 떠오른다. 빗물을 받아둔 통에는 항상 모기 유충 같은 벌레가 꿈틀댔다.

"아버지는 왜 더러운 빗물을 받아두어 모기 온상을 만드시지?" 늘 의문이었다.

물을 다 쏟아버리면 그렇게 속이 후련할 수 없었다. 앞으로 탄생할 모기를 100마리쯤은 미리 퇴치한 기분이었다.

이제는 그때 아버지처럼 우리가 빗물을 받는다. 빗물도 아까워 아껴가며 텃밭에 물을 준다.

비 오는 날은 농사꾼이 쉬는 날. 그 말은 반은 맞고 반은 틀렸다. 5도 2촌인 우리 가족은 비 오는 날에도 쉴 틈이 없다. 집 안을 깨끗하게 쓸고 닦는 것은 물론이고 텃밭 김 매기도 "비 오는 날이 더 좋네" 하고 달려 나간다. 비 내리는 날 김을 매면 힘들이지 않아도 쏙쏙 풀이 잘 뽑힌다.

　역시나 비 오는 날 비 맞으며 일하는 사람은 우리 가족밖에 없다.

고야를 아시나요?

고향집 마당에는 '고야'가 산다.

고야라고 하면 으레 에스파냐의 화가 프란시스코 고야 (1746년 3월 30일~1828년 4월 16일)를 떠올리게 된다. 에스파냐 궁정화가였던 고야는 종교화를 비롯해 초상화 등 다양한 그림을 그렸다. 근대미술의 창시자라는 별명을 가지고 있으며 '카를로스 4세의 가족' '옷 벗은 마야'가 대표작이다. 오래전 돌아가신 분이, 설령 생존한다 해도 유럽에서 강원도 산골까지 와서 살 리는 없으니 화가 고야는 아닌 게 당연하다.

그렇다면 고야라는 이름을 가진 강아지나 고양이가 살고 있는 것은 아닐까. 그러나 고향집은 5도 2촌인 관계로 동물을 키우기 어렵다.

강원도 영월의 고향집에 사는 고야는 화가도, 강아지나 고양이도 아닌, 어렸을 때 '꼬야'라고 불렀던 '강원도 토종 자두'를 말한다.

봄이면 작고 앙증맞은 흰색 꽃이 화사하게 피고 7월에는 열매가 빨갛게 익어 툭툭 떨어진다. 자두와 닮은 모양이지만 크기는 비교가 안 되게 작다. 대부분 100원짜리 동전만 하다. 큰 놈이라 봐야 500원짜리 동전 크기쯤 될까. 백화점이나 대형 마트에서 파는 추희자두, 후무사, 대석자두 같은 게 달걀이나 테니스공처럼 큼직한 것과는 대조적이다.

잘아서 얕잡아보게 되지만, 입에 넣으면 생각이 달라진다. 일반 자두보다 새콤한 맛은 덜하지만 향긋하면서 달콤한 맛이 있다. 과하게 달지도, 과하게 시지도 않고 육질이 부드러우면서 씹는 맛이 적당하다. 알이 작기 때문에 아무리 먹어도 배가 부르지 않아 얼마든지 먹을 수 있다.

어린 시절, 고야는 심심한 입을 달래주는 군것질거리로 제격이었다. 마을에서 읍내는 약 10리 정도 떨어져 있는데, 오가는 버스는 하루 두 번이 전부였다. 장날에 농기구 사러 가는 할아버지를 따라 나서 짜장면을 얻어먹는 날은 1년에 한 번 있을까 말까 했다. 마을에 딱 하나 있는 구멍가게에 라면이나 과자가 있었지만, 그걸 사 먹을 용돈이 없었다.

앵두, 오디는 진즉 떨어지고 복숭아나 사과는 익으려면

아직 멀어 입이 궁금할 때 고야가 좋은 간식거리였다. 한 바가지 주워다 놓고 동생들, 동네 친구들과 마루에 엎드려 집어 먹으면서 씨를 누가 더 멀리 뱉나 내기하곤 했다. 간식과 놀이를 동시에 하니 원 소스 멀티 유즈라고나 할까.

고향집 수돗가 옆에 자리한 고야나무는 아마도 나이가 50세는 족히 될 듯하다. 1990년 초, 할아버지가 살아계셨을 때도 고야를 따먹었던 기억이 있으니 말이다. 원가지는 죽고 곁가지만 겨우 살아 나무 모양은 볼품없지만 봄이면 꽃을 피우고 여름이면 열매를 내어주는 기특한 녀석이다.

늙은 고야나무 옆에 삼총사처럼 자리 잡고 있던 앵두나무와 오래된 작두펌프는 지금은 사라지고 없다. 앵두나무는 진즉 죽었고, 작두펌프는 아버지가 살아계실 적 옛날 물건 사러 다니는 방물장수가 간청해서 2만 원에 파셨다고 했다. 작두펌프의 빈자리가 허전해 중고 장터에서 비슷한 물건을 구하려고 알아보니 20만 원이 넘었다. 그나마도 지금은 다 팔려나가서 물건을 구할 수가 없다. 당근마켓에 알림 설정을 해놓았지만 작두펌프를 파는 사람은 아직 나타나지 않고 있다.

고야가 거의 사라진 것은 효용 때문일 것이다. 개량을 통해 점점 커진 자두가 사랑받으니 보잘것없는 고야는 설 자리가 없었겠지. 효용이 없다고 사라지는 게 당연한 세상은 슬프다.

고야를 먹고 씨앗을 알뜰히 받아놓았다. 강원도 토종 자두나무를 내 손으로 키워보겠다는 원대한 포부를 품고 화분에 심고는 아침저녁으로 물을 주며 새싹이 나오길 기다렸다. 아무래도 싹이 나오지 않아 검색해보니 자두 같은 핵과류(부드러운 과육 속에 단단한 핵으로 싸인 씨가 들어 있는 열매)는 딱딱한 껍질을 깬 후 심어야 발아가 잘된다고 한다.

망치로 겉껍질을 깬 후 속에 있는 씨앗을 화분에 잘 심어놓았다. 고야는 언제 잠에서 깰까?

지금 담으면
1년이 행복한 머위장아찌

무릇 저장 식품의 시간이 돌아왔다.

6월은 매실과 보리수가 익는 시간이며, 각종 채소와 과일이 화수분처럼 터져 나오는 시간이다. 다른 말로 바꿔보면, 미처 다 소비하지 못해 저장해두지 않으면 버려야만 한다는 얘기다.

이맘때면 엄마는 눈을 이글이글 빛내며 각종 장아찌를 만들어 유리병에 가득가득 채워놓는다. 이때 쓰기 위해 1년 내내 엄마는 각종 유리병을 수집해두었다. 베란다며 싱크대 안에 유리병이 하도 많이 들어앉아 있어 〈세상에 이런 일이〉에 제보할까 고민하기도 했다.

엄마 집에는 세 대의 냉장고가 있다. 일반 냉장고, 김치냉장고, 냉동고. 세 대의 냉장고에는 각종 저장 식품이 가득 차 송곳 하나 더 들어갈 여유가 없다. 뭔가를 넣으려면 뭔가를 하나 빼야 한다. 그러나 엄마는 어느 하나도 뺄 수 없다고 주장하시기에 냉장고는 항상 꽉 찬 상태다.

그런데 올해 또다시 저장 식품의 시간이 돌아오고야 말았다. 올해의 저장 식품이 대량생산된다면 엄마의 냉장고가 어찌 될지 상상하지 않기로 한다. 냉장고 생각은 나중에 하고 올해의 장아찌를 담아야 할 시간이다.

엄마가 해마다 빼놓지 않고 만드는 저장 식품의 대표주자는 매실청이다. 매실청은 만들어두면 여러모로 쓸모가 많은 저장 식품이다. 소화가 안 될 때 음료로 먹어도 되고, 김치 담글 때 단맛을 보충하는 용도로 쓰기도 하고, 생선조림에 넣어도 훌륭하다. 심지어 냉장고에 넣지 않고 실온에 보관하면 되니까 마음껏 만들어도 부담이 없다.

마침 시골집 마당에 매실나무가 한 그루 있다. 제대로 가꾸지 못해 가지가 제멋대로 뻗쳐 있어 볼품없지만, 해마다 매실을 충실히 선사해주는 기특한 녀석이다. 시골집 매실나무에서 나오는 매실 한 바가지만으로도 우리 식구 먹을 양은 충분할 텐데, 엄마는 시장에서 청매실을 사다 넉넉히 매실청을 담는다. 엄마가 정성껏 눌러쓴 글씨가 붙어 있는 매실청을 받는 것은 심상해서 더 특별한 행복이다.

이맘때 담는 저장 식품 중 내가 가장 좋아하는 것은 머위장아찌다. 식초 물을 만들어 담아두면 1년 내내 아삭아

삭, 쌉싸름한 머위장아찌를 즐길 수 있다.

시골집 뒤란에는 머위가 풍성하게 자란다. 해마다 세력을 넓혀가더니 이제는 뒤란 절반을 뒤덮어버렸다. 머위는 어떤 척박한 환경에서도 뿌리를 뻗어 퍼져나간다. 올해는 돌담까지 뚫고 나와 자라고 있는 것을 보았다.

머위가 더 세력을 뻗어 뒤란을 모두 덮어버리기 전에 퇴출 작전을 펼쳐야 했다. 순을 자르고 호미로 뿌리를 캐내는 작업을 한나절이나 벌였다. 한 자루는 넘게 나온 머윗대로 장아찌를 담았다.

머윗대는 입으로 넣기까지 꽤 많은 수고가 필요하다. 머윗대를 데친 후 껍질을 벗기고 물에 담가 쓴맛을 우려내야 비로소 요리를 할 수 있다. 들깨를 듬뿍 넣고 볶아 먹는 머윗대들깨볶음은 맛도 영양도 좋은 여름철 보양 반찬이다. 그러나 매일 삼시 세끼 머윗대들깨볶음만 먹을 수는 없으니 장아찌를 담아 저장해두어야 한다.

머위장아찌는 만들어두면 여름 밑반찬으로 요긴하게 먹을 수 있다. 식초, 설탕, 물을 적당 비율로 섞어 끓인 후 식혀 부으면 된다. 물과 식초를 동량으로 넣는 레시피가 일반적인데, 그러면 신맛이 강해 2:1 비율로 했다. 설탕도 동량으로 넣으면 달기 때문에 절반으로 줄였다. 만약 색을 조금 입히고 싶다면 취향에 따라 간장을 약간 넣는다. 간장을 많이 넣으면 시간이 지날수록 머위장아찌 색깔이 어두워져 보기 좋지 않으므로 권장하지 않는다.

소주를 넣으면 더 오래 보관할 수 있다. 다시마 한 장을 추가하면 감칠맛도 더할 수 있다.

머위에는 비타민A를 비롯해 칼슘, 단백질 등이 풍부하게 들어 있다고 한다. 소화를 돕기도 하고 해열, 식욕 증진 등의 효과도 있다니 여름철에 머위를 식탁에 올릴 이유는 충분하다.

님아,
그 오이지를 담지 마오

"님아, 그 오이지를 담지 마오."

님에게 아무리 '공무도하'를 외쳐도, 님은 그예 오이지를 담으신다. 여기서 님은 바로 나다.

여름은 좋은 계절이다. 더위와 습기라는 치명적인 단점이 있지만, 채소와 과일이 싸고 싱싱하다. 그 하나만으로도 여름은 추앙받을 만하다. 오죽하면 이름도 열매를 뜻하는 여름이 아닌가.

싸고 싱싱한 채소가 지천으로 나오기 때문에 가격표를 들여다보며 들었다 놨다 심사숙고하지 않고도 채소와 과일을 살 수 있는 축복의 날들이 이어지고 있다.

그중에서도 오이의 유혹은 견디기 어렵다. 겨울에는 한 개 2000원까지 가던 오이가 지금은 500원 정도로 4분의 1

가격으로 떨어졌다. 반의 반 토막이 난 주식 투자의 아픔을 오이 투자로 만회하고 싶다는 강렬한 충동이 솟구친다.

제철을 맞아 가격이 떨어진 오이를 야무지게 이용할 수 있는 방법은 바로 오이지다. 혜자로운 오이 가격을 눈앞에 두고 내적 갈등이 시작된다. 담느냐 마느냐. 담느냐 마느냐의 싸움에서는 간단하게 담는다가 승리한다.

관문은 이제 몇 개를 담느냐로 넘어간다.

10개, 20개는 어쩐지 소꿉장난 같다. 무더위로 입맛이 없을 때 오이지무침과 오이지냉국을 만들어 먹으면 집 나갔던 입맛이 돌아온다. 덮어놓고 먹다 보면 한 달도 못 가 떨어질 게 분명하다.

게다가 마트에 가서 시판되고 있는 오이지 가격을 보면 직접 만드는 게 얼마나 이득인지 확실히 체감할 수 있다. 시판 오이지는 1개 약 1500원에서 2000원 정도의 가격표가 붙어 있다. 500원짜리 오이를 사서 오이지를 만들면 앉은 자리에서 1000원은 버는 셈이다. 설탕이나 소금, 식초 같은 부재료는 이미 있는 걸 쓰니까 추가 비용은 없는 거라고 믿어버린다.

그럼 30개? 이왕 하는 거 50개 정도는 해야지 마음이 놓일 것 같다. 여기에 엄마도 조금 드리고 새언니도 맛보라고 하려면 100개는 담아야 넉넉하지 않을까. 시작은 미약했으나 끝은 창대해지려는 오이지에 대한 욕망을 간신히 억누

를 수 있는 건 보관할 곳이 마땅치 않다는 현실 인식 때문이다. 작은 집에 살아서 다행이다.

오이지 담는 레시피는 여러 가지가 있으므로 자신의 취향에 맞게 선택하면 된다.

대표적인 전통 레시피는 끓는 소금물 붓기다. 오이 100개 기준으로 물 10리터에 굵은소금 3대접을 넣고 팔팔 끓인 후 소금물이 뜨거울 때 오이에 붓는 방식이다. 다음 날 오이에서 수분이 빠져나와 묽어진 물을 다시 꺼내 소금을 추가로 넣고 끓여 다시 붓는다. 이 상태로 5일 정도 실온에 두었다가 냉장고로 옮겨 보관하면 된다. 이 방법으로 하면 짭짤하면서도 오독오독한 전통 오이지의 맛을 즐길 수 있다. 문제는 소금물을 두 번 끓여 부어야 해 조금 번거롭다는 것. 또 까딱하다가는 골마지(김치나 장아찌, 장류 등에 하얗게 생기는 물질)가 생길 수 있다는 단점이 있다.

요즘에는 전통 방식에서 탈출한 간편한 레시피들이 다양하게 나와 있다. 지난해 만들어보고 간편해서 정착한 오이지 레시피가 있다. 이른바 '물 없이 담는 오이지'다. 지퍼백만 있으면 누구나 눈감고도 만들 수 있다.

지퍼백에 오이, 소금, 설탕, 식초, 소주를 넣은 후 지퍼를 닫아 눕혀둔다.

오이가 10개쯤 들어가는 큼직한 지퍼백에 오이를 넣고 소금, 설탕, 식초, 소주를 부은 다음 지퍼를 닫고 납작하게 눕혀놓는다. 오이 10개에 소금 반 컵, 설탕 1컵, 식초 1컵, 소주 반 컵을 넣으면 된다.

이틀 정도 지나면 오이에서 수분이 빠져나오기 시작하면서 오이 색깔이 조금씩 변한다. 하루 한 번씩 지퍼백을 뒤집어 오이가 앞뒤로 골고루 절여지도록 한다. 자반 뒤집듯 지퍼백을 뒤집다 보면 일주일 후면 그럴듯한 오이지가 완성된다. 이후에는 지퍼백째로 냉장고에 넣어두고 하나씩 꺼내 먹으면 된다. 물 없이 만든 오이지는 냉장고에서 6개월 이상 거뜬하게 보관할 수 있다.

지퍼백째로 보관해두었다가 여름철 입맛 잃은 지인에게 선물하는 재미도 있다. 직접 만든 저장 식품을 선물한다는 자부심에 온몸에 '오이지 엔도르핀'이 솟아난다. 단, 원하는 사람에게만 선물해야 한다는 사실을 잊어서는 안 된다. 원하지 않는 사람에게 저장 식품을 안겨주는 것은 '저장인'(물론 이런 단어는 없다)이 피해야 할 제1의 원칙이다. 냉장고에 저장 식품이 있다는 사실만으로도 스트레스 지수가 올라간다는 사람을 실제로 본 적이 있다.

오이지로 만들어 먹는 대표적인 반찬은 오이지무침이다. 오이지를 납작납작 썰어 찬물에 담갔다가 짠기를 뺀 다음 물기를 꼭 짜고 들기름, 깨소금, 설탕, 다진 마늘, 고춧가루, 다진 파를 넣어 조물조물 무치면 밥 한 공기 뚝딱 먹는 여름 밑반찬이 완성된다.

오이지를 절일 때 소금이 다량 들어가 짭짤하기 때문에 무칠 때 따로 간을 하지 않아도 좋다. 그러나 찬물에 우려 내서 싱거워졌다면 멸치액젓을 약간 넣어 간한다.

오이지를 썰어 그릇에 넣고 생수를 부은 다음 식초와 설탕으로 간하는 오이지냉국도 여름철 입맛 없을 때 훌륭한 반찬이다.

오이는 비교적 농사짓기 수월한 채소다. 심어놓은 뒤 지주대만 잘 만들어주면 쑥쑥 크면서 오이를 잘도 매단다. 그러나 시골집 텃밭에 심어놓은 오이가 제대로 열매를 맺으려면 한 달은 더 기다려야 한다. 내 텃밭의 오이는 아직 꽃도 제대로 피지 않았지만 시장에는 싱싱하고 값싼 오이가 가득하다. 싱싱하고 맛있는 오이를 부지런히 생산해 값싸게 제공해주고 계시는 진짜 농부님들에게 감사해하며, 오늘은 오이를 몇 개나 사 올까 궁리한다.

"농부도 휴식이 필요해!"
1박 2일 영월 여행 코스

"요즘 어떻게 지내?"

"요즘 고향으로 농사지으러 다녀요."

"고향이 어딘데?"

"영월이요."

"오~영월! 가보고 싶다."

대화의 패턴은 대개 이렇게 진행된다. 보통은 대충 장단을 맞추다 대화가 마무리되는데, 진지하게 진도를 확 잡아 빼는 분들이 있다. 엄청난 추진력을 가진 00대학 ××대학원 최고위 과정 동기들과 내 고향 영월로 1박 2일 팸 투어를 다녀왔다.

늘 텃밭에서만 살았던 터라 사실 나 역시도 영월 관광지는 잘 알지 못한다. 1박 2일 팸 투어를 준비하면서 벼락치기로 공부한 끝에 영월의 명소와 맛집을 찾아낼 수 있었고, "내 고향 좋구나" 느끼며 팸 투어를 잘 마칠 수 있었다.

팸 투어의 시작은 영월역 앞 다슬기해장국집 성호식당이었다. 영월 지형은 도마뱀처럼 동서로 길쭉하게 생겼다. 영월 읍내는 그 도마뱀 가운데쯤에 있다. 영월역 앞에는 해장국집이 몇 개 모여 있는데, 유독 성호식당만 사람이 바글바글했다. 대기표를 받고는 식당 맞은편으로 건너가 한옥으로 지은 영월 역사 앞에서 기념사진을 찍으며 영월 팸 투어를 자축했다.

차례가 되어 자리에 앉은 우리는 다슬기해장국과 다슬기전을 시켰다. 성호식당 다슬기해장국은 시래기가 들어 있는 된장국 스타일이었다. 시래기가 부드러워 아욱인가 할 정도로 매끈하게 넘어갔다. 다슬기해장국 가격은 1만 2000원. 군 단위 식당의 가격치곤 비싸다고 느껴지지만, 다슬기가 국산이라고 하니 납득할 수 있다. 다슬기는 강에서 허리를 숙인 채 하나하나씩 잡아야 해 쉽지 않고, 잡고 나서는 또 일일이 바늘로 까야 한다.

다슬기해장국을 먹고 영월의 상징이라 할 수 있는 청령포로 갔다. 단종(1441년 8월 18일~1457년 11월 16일)은 영월과 떼려야 뗄 수 없는 인물이다. 삼촌 수양대군에게 왕위를 빼앗기고 강원도 심심산골 섬 아닌 섬 청령포에 유배된 단종의 한이 느껴져 마음이 저릿했다. 단종이 걸터앉아 시

름을 삼켰다는 600년 된 관음송 앞에서 권력이란 무엇일까, 인생이란 무엇일까 생각해봤다.

청령포를 나와 이동한 곳은 라디오스타박물관이다. 일행분들과 영화 〈라디오 스타〉(2006)의 추억을 이야기하다 그 영화가 만들어진 지 벌써 20년이 됐다는 사실에 새삼 깜짝 놀랐다. 시간은 이리도 정직하고 성실하게 흐르고 있었다. 라디오스타박물관 마당에는 배우 유오성의 동상이 있다. 유오성이 〈라디오 스타〉에 출연했었나 착각하기 쉬운데, 영월 출신의 대표 배우라서 그렇단다. 안성기, 박중훈 동상이 없다는 게 아쉬웠다.

점심 먹고 얼마 되지 않았지만 영월서부시장에 들러 메밀부치기를 먹어야 한다. 영월서부시장에는 메밀부치기와 메밀전병을 파는 집들이 모여 있다. 지인에게 소개받은 속골집에 앉아 가볍게 세트(메밀전병 2개+메밀부치기 2개+수수부꾸미 1개)를 시켜 먹었다. 아삭아삭 씹히는 맛이 일품인 메밀전병과 슴슴한 메밀부치기가 순식간에 없어졌다. 위장의 신비여!

다음 행선지는 미디어기자박물관이었다. 이곳은 〈한국일보〉를 퇴직한 고명진 사진기자가 폐교를 얻어 꾸민 박물관이다. 사진기자와 관련된 수집품들을 감상할 수 있다. 공간을 운영해나가는 고명진 관장님의 열정적인 강의에 많은 것을 배웠다.

숙소는 주천 읍내에 있는 한옥 스테이 조견당으로 잡았다. 조견당은 350년 된 한옥이 보존돼 있는 곳으로 MBC를 은퇴한 김주태 기자와 부인, 딸이 운영한다. 조견당에서 태어나고 자란 김주태 기자는 서울 생활을 마친 후 고향집으로 돌아와 고택에 온기를 불어넣고 있다.

조견당이 자리한 주천 읍내는 쇠고기 정육식당이 포진해 있다. 이 중 다하누정육식당에서 쇠고기로 회식을 하며 영월 관광 1일 차를 마무리했다. 저녁을 먹은 후 조견당 카페에서 대추차를 마시고 있는데, 주인장께서 350년 된 돌배나무에서 딴 돌배로 만들었다는 돌배주 한 병을 내려놓았다. 붉은빛을 띠는 돌배주는 은은한 풍미가 대단했다. 돌배주를 몇 잔 얻어 마시고 마당으로 나오니 이지러진 하현달이 환하다. 농부일 때는 초저녁잠이 쏟아져 9시만 돼도 쓰러져 잠들기 바빴는데, 여행객이 되니 11시에도 끄떡없었다.

다음 날 아침, 조견당 카페에서 드립커피를 마시는데, 강원도 찰옥수수를 서비스로 주셨다. 쫀득쫀득한 찰옥수수와 드립커피의 조합이 환상적이었다.

조견당에서 체크아웃을 한 후 주천 읍내에 있는 미술관 젊은달Y파크로 갔다. 조각가 최옥영·박신정 부부가 일군 이 곳은 각종 미술품에 설치 작업들이 있어 인스타용 사진 찍기 명소다. 인생샷을 찍을 수 있는 포인트가 많아 의외로 시간을 많이 쓰게 된다.

미술관을 나와서 도착한 곳은 법흥사. 부처님의 진신사리를 모신 적멸보궁인 법흥사는 좋은 기운이 있는 절로 유명하다. 부처님의 사리는 대웅전 뒤 사자산 자락에 모셔져 있다고 한다. 법흥사 적멸보궁 뒤란의 기운이 가장 좋다는 기氣 선생님의 말씀을 들었던 터라 일행을 이끌고 그곳에 서서 기를 받았다.

법흥사까지 돌고 나니 오후 1시가 훌쩍 넘었다. 주천에서 가장 유명한 식당인 주천묵집에 들러 늦은 점심을 먹었다. 주천묵집은 맛집으로 소문난 후로는 대기 손님이 많아 1시간 대기는 예사다. 식당에 가기 전 휴대폰을 이용해 테이블링 예약을 하면 기다림 없이 입장할 수 있다. 주천묵집에서 산초두부구이, 묵밥, 감자전, 감자옹심이를 시켰다. 슴슴 담백한 강원도 음식의 매력에 빠진 일행분들이 "맛있다"를 연발해 내가 만든 것도 아닌데 괜히 어깨가 으쓱해졌다.

식후 커피를 위해 찾은 곳은 주천의 다방. 주천에 카페가 네다섯 군데 있지만 이날은 왠지 다방에 가보자고 의견이 모였다. 다방에 앉아 커피를 시켰는데, 다방과 카페의 차이점은 커피의 양이라는 걸 알았다. 다방 커피는 카페 커피의 3분의 1 정도로 양이 매우 적었다. 양이 적어 놀라워하고 있는데 사장님이 강원도 찰옥수수를 서비스로 내밀었다. 찰옥수수 맛에 커피 양 적은 건 싹 잊었다.

영월 지도의 한 가운데서 시작해 서쪽으로 이동한 1박 2일 영월 여행이 끝나고 서울로 돌아오는 길, 일행들은 짧은 일정을 아쉬워하며 또 오자고 성화였다. "자연 풍광이 좋고 문화 시설이 많고 음식도 맛있다"고 흡족해하서서 내 고향 팸 투어를 진행한 보람이 느껴졌다.

농촌의 여름 아침은
04시에 시작된다

전날 과도한 노동으로 실신한 듯이 자고 있을 때였다.

쾅쾅쾅쾅.

뭔가가 무너져 내리는 소리가 들렸다. 이어 사람의 목소리도 들려왔다.

"여봐요! 계세요?"

나는 누구이고 여기는 어디인가 생각할 겨를도 없이 벌떡 일어났다. 흘끗 시계를 보니 오전 5시였다. 현관문을 여니 이웃집 어르신이 서 있었다. 강아지를 데리고 산책하다 들른 모양인지 곁에서 강아지가 꼬리를 흔들고 있었다.

"무슨 일이 있으세요?"

나는 잘 떠지지 않는 눈을 부릅뜨고 부스스한 머리를 끌어내리며 물었다. 간밤에 동네에서 무슨 일이라도 생겼는지 불안한 마음이었다.

이웃분은 별일 아니라는 듯 태연자약한 표정으로, 태풍이 오기 전에 집과 바싹 붙어 있는 나무를 베어야겠다고 했다. 이웃분 집 뒤쪽이 우리 집 산이므로 우리 집 나무를 베도 되는지 허락을 받으러 오신 거였다. 자고 있는 사람을 깨워서 해야 할 만큼 시급한 일은 아니었다.

나무를 베는 일은 개인이 임의대로 결정할 수 없는 일이었기에 나는 "면사무소에 문의해보고 말씀드리겠다"라고 설명하고는 새벽의 방문객을 보내드렸다.

여름이어서 날이 일찍 밝는다고는 하지만 오전 5시는 아직 새벽이다. 서울에서라면 새벽 5시의 방문객은 상상할 수 없는 노릇이다.

대문이 없어서 이런 일이 생긴 거라고, 가을에는 꼭 대문을 만들어 달아야겠다고 중얼거리다가 다시 잠을 청하려고 자리에 누웠다.

그때 또다시 자그락자그락 마당에서 누군가 걸어오는 소리가 들려왔다. 마당에 깔려 있는 파쇄석 때문에 또렷한 발소리가 전해졌다.

아! 또 방문객이다.

문을 두드리면 나가려고 몸을 일으킨 채 기다리는데 더 이상의 기척이 없다. 의아한 마음에 창문을 내다보니 또 다른 이웃분이 우리 집을 방문했다가 돌아나가는 뒷모습이

보였다. 우리 집 평상 위에는 이웃분이 올려둔 게 분명한 배추 한 포기와 브로콜리 한 개가 놓여 있었다. 시계를 보니 5시 30분이었다.

감사 인사를 드려야겠기에 서둘러 문을 열고 나가 이웃분의 뒤통수에 대고 "감사합니다"라고 소리쳤다. 저만치 가던 이웃분이 몸을 돌려 다시 우리 집 마당으로 들어왔다. 아침에 반찬하려고 뽑았는데 먹어보라고 가져왔단다. 그러고는 여름에는 낮에 더우니까 새벽과 저녁에 일을 해야 한다고 조언해주셨다.

그리고 보니 한낮에 왜 만날 우리 집 식구들만 풀을 뽑고 있었는지 이해가 됐다. 동네분들은 다들 우리가 잠자고 있던 새벽에 일을 하고는 한낮에는 시원한 집 안에서 더위를 피하고 있었던 거였다.

요즘에는 새벽 4시쯤 일어나 아침 먹기 전까지 일을 하신다고 했다. 온 동네 사람들이 새벽 4시에 움직이기 시작하니까 5시는 이웃을 방문하는 시간으로 아무 문제가 없는 때였던 것이다.

친척 아재가 감자 한 박스와 마늘 한 접을 가져다 주고 가신 시간도 오전 7시 전후였다. 시골의 오전 7시는 서울의 오전 10시쯤 되는 기분이었다.

농촌의 시간을 이해하게 되자 새벽 방문객 때문에 단잠을 깬 일이 도시와 농촌의 라이프스타일에서 오는 차이임을 알았다.

여름에 폭염 속에서 밭에서 일하다 온열질환으로 사망하는 사례가 해마다 발생한다. 특히 올여름은 장마철에 비가 내리지 않았고 37도를 넘나드는 폭염이 지속돼 전국에서 온열질환자가 속출하고 있다고 한다. 무더위 속에서도 농부는 밭으로 가서 농작물을 돌봐야 한다.

농촌에서 조금이라도 땀을 흘려보면 마트에 진열된 농산물을 사먹을 수 있다는 것이 얼마나 고마운 일인지를 알게 된다. 물론 우리가 먹는 쌀과 채소, 과일을 농부가 공짜로 주는 것은 아니다.

아담 스미스는《국부론》에서 이렇게 얘기했다.

"우리가 우리의 저녁을 기대하는 것은 푸줏간 주인, 양조업자, 제빵업자의 자비심이 아니라 그들 자신의 이익 때문이다. 우리는 그들의 인류애에 호소하는 것이 아니라 그들의 자기애에 호소하며, 우리의 필요가 아니라 그들의 이익에 대해 말하는 것이다."

물론 농부가 땀 흘려 농사를 짓는 것은 돈을 벌어 생계를 이어가기 위함이다. 그렇다고 해도 뜨거운 햇볕을 맞으며 한 줌 바람도 없는 더위 속에서 땀 흘려가며 풀을 매고 열매를 가꾸는 일은 에어컨 돌아가는 사무실에서 근무하는 것과는 비교하기 힘들 만큼 어려운 일이다. 심지어 돈만 생각하면 농사는 더더욱 계산이 나오지 않는다.

우리 시골만 해도 농사짓는 분들의 연령대가 대부분 칠팔십이 넘는다. 젊은 사람이라고 해봐야 오륙십대다. 이분들이 농사를 그만두면 앞으로 농촌에서 누가 농사를 짓게 될까. 상상만으로도 아찔하다.

5도 2촌 덕분에 여름에 땀 흘리는 세상 모든 농부님들의 소중함을 느끼며, 그 분들의 건강을 빈다.

삶은 흙과 닮았다. 때로는 메마르고, 때로는 숨이 막히지만, 마음을 갈아엎으면 다시 길이 열린다. 아버지, 가족, 그리고 이웃과 나 사이의 따뜻한 이야기. 농사란 결국 사람을 짓는 일이다.

PART 3

열매의 계절

사람의 일,
흙의 일

참깨가
쏟아지던 날

해마다 여름이면 "역대급으로 덥다"는 소리가 절로 나온다. 매미보다 더 목청 높여 '덥다송'을 부르다 보면, 더위의 정점에 입추가 오고, 입추가 되면 신기하게도 가을이 온 것처럼 더위가 견딜 만해진다. 입추 매직이다.

입추가 지나면 햇살은 더욱 따가워지면서 곡식을 여물게 하고 열매를 익게 만든다. 새파랗던 참깨 이파리가 하나둘씩 갈색으로 물들어가는 것도 입추가 지나면서부터다.

참깨를 수확해야 하는 날짜는 딱히 정해져 있지 않다. 참깨 이파리가 누렇게 변색되기 시작하면 수확할 시기가 됐다는 뜻이다. 정확한 때는 오직 감에 의존해야 한다. 참깨는 줄기가 위로 자라며 계속 꽃이 피기 때문에 처음 맺힌 깨와 나중 맺힌 깨의 익는 속도가 다르다. 맨 아래쪽 깨가 완전하게 익어 꼬투리가 벌어져 땅에 떨어져도 맨 위쪽에서는 계속 꽃이 핀다. 그래서 어느 정도 열매가 맺히면 꽃이 더 이상 피지 않도록 줄기 끝을 잘라줘야 한다.

올해 참깨는 지난 6월 3일, 읍내에서 모종을 5판+반판을 사서 심었다. 모종값은 모두 8만 1000원. 로터리를 치고 비닐을 씌운 값이 7만 원. 여기에 토양 살충제 한 포 1만 1000원, 제초 매트 고정핀 1만 6700원. 도합 17만 8700원이 들었다. 제초 매트는 동네에서 쓰고 버린 것을 주워다가 활용해 비용이 들지 않았다. 제초 매트까지 샀다면 30만 원을 훌쩍 넘겼을지 모른다.

참깨를 수확하던 날. 마음 단단히 먹고 밭머리에 서서 수확을 준비하는데, 동네 어르신들이 지나가다가 서서 감평을 해주신다.

"동네에서 이 집 참깨가 제일 잘됐어."

그 말씀을 들으니 얼마나 어깨가 으쓱하던지. 웃음을 참을 수가 없어 입꼬리가 내려올 줄 몰랐다.

"지금 베려고 해요. 지금 베면 되겠지요?"

내 물음에 동네 한 어르신은 "내가 보니까 오늘은 조금 이르고 한 사나흘만 있다가 베면 좋은데" 하셨다.

"그럼 일주일 더 있다가 다음 주 토요일에 벨까요?"하니 일주일은 너무 길어서 안 된다며 "딱 사나흘 후라야 한다"라고 하시는 게 아닌가.

사나흘을 기다렸다가 참깨를 베고 갈 여유가 되지 않는 까닭에 과감히 사나흘 빠른 수확에 돌입했다.

올해로 두 번째 맞이하는 참깨 수확이지만, 여전히 낯설고 서툴다. 작년에 어떻게 했더라. 머리를 굴려보아도 잘 떠오르지 않아 낫, 가위, 양손 전지가위를 모두 가지고 나와 참깨를 잘라보았다. 해보니 한 명은 참깨를 잡고 있고, 한 명은 양손 전지가위로 자르는 것이 가장 수월했다. 작년에도 이렇게 했던 것 같은 기억이 어렴풋이 떠올랐다.

양손 전지가위로 자를 때 꽤 충격이 가해지기 때문에 익은 꼬투리가 벌어지면서 참깨가 쏟아진다. 자를 때 떨어지는 참깨가 아까와서 눈물이 날 지경이다.

"깨가 쏟아진다"는 관용어가 있다. 흔히 신혼부부의 사랑이 차고 넘칠 때 쓰는 표현이다. 이때 쏟아지는 깨는 분명히 참깨다. 들깨는 씨방이 의외로 단단해 여간해서는 쏟아지지 않는다. 이에 비해 참깨는 조금만 손을 대도 깨가 쏟아져 나온다.

깨를 베었으면 이제 단을 묶을 차례다. 단을 묶어 비 맞지 않는 곳에 세워 잘 말려야 썩지 않는다. 마당에 놓인 평상에 깨를 세우고 비닐을 잘라 지붕을 만들기까지 꼬박 1박 2일이 걸렸다. 엄마와 나, 여동생까지 3명이 오전 10시부터 오후 7시까지 쉴 새 없이 일했는데, 내 일이니까 이렇게 하지 누가 시켰으면 분명 노동 착취라고 노동청에 신고했을

거다.

묶어 세워둔 참깻단에는 엄청 토실토실한 깻망아지가 매달려 있다. 깻망아지는 참깻잎을 먹고 자라 박각시나방이 된다. 생김새는 징그럽지만 연두색이 고와서 자꾸 들여다 보게 된다.

단을 묶고 난 후 깔개 위에 떨어진 참깨를 쓸어 모았다. 그것만 해도 두 됫박 정도가 됐다. 이 작은 알갱이를 얻기 위해 몇 달을 애쓰며 땀 흘렸다고 생각하니, 참깨 한 숟갈의 값어치가 새삼 묵직하게 다가왔다. 시장에서 아무렇지 않게 사던 한 봉지 참깨에는, 사실 수많은 농부의 노동과 기다림이 담겨 있다는 걸 이제야 알게 된 것이다.

갓 수확한 참깨를 볶아 절구에 찧었더니 고소한 향이 코끝을 자극하며 퍼져나갔다. 그 향만으로도 올여름의 수고를 다 보상받는 것 같았다.

사실 참깨 농사를 짓는 데 들어간 비용을 생각하면 사 먹는 것이 싸다. 재료비만 17만 8700원이지, 인건비며 교통비까지 더하면 무척 비싼 참깨다. 사서 고생이란 말이 딱 들어맞지만, 올해 참깨 농사를 직접 지어보지 않았다면 몰랐을 교훈을 얻었다.

참깨의 작은 알갱이 속에 햇살과 바람, 그리고 농부의 시간, 그런 것들이 차곡차곡 담겨 있다는 사실. 고통을 견뎌내야 향기를 얻는다.

저희 참깨를 구입해주셔서 감사합니다

얼마 전, 농사지은 참깨를 팔아서 10만 원을 벌었다. 농사를 짓기 시작한 지 2년 만에 발생한 첫 매출이다. 신사임당이 그려진 5만 원짜리 2장이 담긴 봉투를 선반에 소중하게 올려놓았다.

참깨를 팔아 번 10만 원은 여느 10만 원과는 다른 기분이다. 마치 100만 원쯤으로 느껴진달까.

참깨 손님이 돈을 넣어 건네준 봉투는 샛노란색으로 참기름 색깔과 닮았다. 오래 간직하기 위해 봉투에 '참기름 판 돈'이라고 쓰고 그날의 날짜를 적어두었다.

"효원~ 참깨를 사고 싶은데 팔 물량이 남아 있을까?"

30년 전 직장에서 만나 지금까지 친하게 지내고 있는 승주 선배가 카톡을 보내오셨다.

마음 착한 승주 선배는 "참깨 농사에 17만 원을 들였는데 남는 게 없다"고 쓴 내 브런치 글을 보고는 팔아주어야겠다고 생각하신 듯했다.

선배에게 내 참깨의 상태에 대해 사실대로 말해야 했다.

"선배, 참깨가 농약도 안 치고 비료도 안 줘서 그런지 알이 작고 색도 거무튀튀해요. 뽀얗고 통통한 참깨하곤 거리가 멀어요."

"괜찮아. 국산 참깨를 믿고 살 수 있으니 얼마나 좋아."

승주 선배는 참깨를 시어머니, 친정어머니와 나눠 먹으려고 한다면서 1킬로그램씩 3킬로그램을 구입하겠다고 하셨다.

올해 농사지은 참깨는 모두 12킬로그램이다. 소매로 팔지 않고 모두 집에서 먹겠다고 작정했는데, 계획이 조금 바뀌어 승주 선배에게 3킬로그램을 팔게 되었다.

참깨 주문이 들어왔다고 알려드리자, 그날부터 엄마는 바쁘게 움직이셨다.

참깨를 까불러 티끌을 더 날렸고, 먼지 같은 걸 없애기 위해 물에 씻어 건진 후 채반에 올려 건조하는 과정을 거쳤다. 깨를 물에 담그면 먼지와 티끌이 위로 뜬다. 알이 덜 차가벼운 것도 물에 뜨기 때문에 알이 꽉 찬 참깨만 남길 수 있다.

엄마가 갈무리해준 참깨를 어깨에 메고 고객님인 승주

선배네 집 근처로 갔다. 선배는 동네에서 오래된 맛집으로 나를 이끌었다. 싱싱한 고기와 채소를 냄비에 끓여 먹는 샤브샤브로 식사를 하고 카페에서 맛있는 커피까지 마셨다.

우리가 먹은 게 모두 참깨 몇 킬로그램 값일까?

참깨 농사를 시작하고부터 모든 돈 계산을 참깨값에 견주는 버릇이 생겼다. 오래 전, 책을 처음 냈을 때 "이 돈이면 책을 몇 권 팔아야 하나" 계산했던 것처럼.

승주 선배는 집에서 직접 재봉틀로 만든 식탁 매트와 참깨값을 넣은 예쁜 봉투를 함께 내밀었다. 평소 손으로 만드는 걸 좋아하는 선배가 건넨 귀엽고 사랑스러운 선물에 감동이 2배로 커졌다.

고객에게 밥을 얻어먹고, 선물도 받는 농사꾼이 있으면 나와보라고 외치고 싶은 심정이었다.

승주 선배와 헤어지고 집으로 돌아와 옷을 채 갈아입기도 전에 휴대폰 메시지가 울렸다.

"참깨를 볶았어. 볶으니까 엄청 통통해졌어. 맛도 무척 고소해."

후배가 농사지은 국산 참깨를 구입했다고 친정어머니, 시어머니께 얘기했더니 두 분 다 너무 좋아하셨다고도 했다. 메시지에는 참깨 볶는 과정을 찍은 사진이 조르르 딸려 왔다. 심지어 참깨가 톡톡 튀는 동영상까지 있었다.

초보 농사꾼의 부실한 농산물을 기꺼이 구매하고, 맛난

밥을 사주며 노고를 치하하고, 또 맛있다고 칭찬까지 해주는 다정한 선배 덕분에 한 해의 힘겨움이 모두 보상받는 기분이었다.

선배가 볶은 참깨를 보면서 나도 어서 참깨를 볶아야겠다고 생각했다. 참깨를 톡톡 볶아서 친구들을 불러야지. 고소한 참깨를 듬뿍 넣어서 김밥도 만들어주고, 나물도 무쳐줘야지.

그런 생각을 하니까 또 기분이 좋아졌다. 농한기는 이렇게 고소한 맛이다.

파란 배추씨의 여정

파란색 배추씨가 있다는 걸 지난여름 처음 알았다. 배추씨는 원래 밤색인데 병충해에 강해지도록 종묘 회사가 약품으로 코팅해 파란색이 된 것이라는 사실도 알게 됐다. 봉투에서 파란색 씨앗이 쏟아져 나왔을 때 나는 탄성을 질렀다. 마치 푸른 우주를 만난 기분이었다.

8월 15일 광복절 주간에 여름휴가를 내고 시골집에 갔다. 기억하기 좋으라고 광복절을 골라, 파란색 배추씨를 모종판에 심었다. 매일 아침저녁으로 물을 주자 사흘 만에 새싹이 올라왔다. 파란 배추씨에서 나온 새싹은 연두색 나비 같았다. 씨앗을 심고 물을 주면 새싹이 나온다는 사실이 얼마나 신기한지, 나비를 닮은 배추 새싹은 들여다보고 또 들여다봐도 또 들여다보고 싶을 만큼 예뻤다.

일주일의 여름휴가가 끝나고 배추 모종판을 자동차에 싣고 서울로 가져와 베란다에서 2주를 키웠다. 새싹이 집게손가락만큼 자란 8월 31일, 모종을 가져다 텃밭에 정식했다. 정식한 배추 모종은 잎이 고작 서너 개뿐인 보잘것없는 모양새라 이게 과연 사람 꼴, 아니 배추 꼴이 될까 의심스러웠다.

배추를 심은 후에는 그야말로 물가에 어린애를 내놓은 심정이었다. 유난히 무더웠던 올여름 날씨에 배추는 심자마자 시들시들 고개를 숙였다. 물을 듬뿍 주고도 안심이 되지 않아 풀을 뜯어다 덮어 그늘을 만들어주었다. 종이컵을 씌워주어도 된다고 하는데, 배추가 숨을 못 쉬면 어쩌나, 광합성을 못 하면 어쩌나 걱정이 돼 그러지 못했다.

배추를 심은 지 일주일 후인 9월 7일, 첫 비료를 주고 농약을 쳤다. 배추는 유난히 벌레가 잘 먹는 채소라서 농약을 치지 않으면 남아나지 않는다. 벌레가 배추의 성장점을 톡 끊어먹으면 더 이상 자라지 못하고 죽어버린다. 배추가 벌레를 이길 만큼 자랄 때까지 부지런히 농약을 쳐야 한다. 종묘상에서 권해준 배추벌레 퇴치약을 500분의 1로 희석해 썼다. 말이 500분의 1이지 사실상은 대충이다. 무슨 수로 500분의 1을 정확히 계량할지 방법을 찾지 못해 대충 페트병에 물을 넣고 희석해 다이소에서 산 1000원짜리 스프레이통에 넣어 뿌렸다.

농약을 조금이라도 덜 치겠다는 의지로 커피 찌꺼기를 적극 활용했다. 서울의 단골 커피집에서 얻어다 집에서 잘 말린 다음 시골로 가져가 배추 주위에 뿌렸다. 서울 집에서 말려보니 배추벌레가 왜 커피 찌꺼기를 싫어하는지 알 것 같았다. 하도 독한 냄새가 나서 거실에 앉아 TV를 보기 어려웠다.

처음에 잘 안 크는 것 같아 보였던 배추들이 본격적으로 자라기 시작한 것은 비료를 주고 난 후 비가 흠뻑 내린 다음부터였다. 땅에 스며든 비에 잘 녹은 비료를 잘 섭취한 까닭일 테다. 땅에 심은 지 2주 정도가 지나니 잎이 8장으로 늘어났고, 손바닥 2개를 합한 크기로 자랐다.

배춧잎이 꽃잎처럼 예쁘다는 것도 새롭게 알게 된 사실이다. 배추는 마치 꽃처럼 한 장 한 장 잎을 펼쳐가며 자랐다. 위에서 내려다보면 영락없이 꽃이다.

배추는 서늘한 기온을 좋아한다. 더우면 기운을 못 차린다. 더위가 물러가고 기온이 조금 내려가자 급격히 성장하기 시작했다. 10월에 접어들면서는 포기를 만들 준비를 했다. 가운데 잎이 오므라들기 시작할 때 배추벌레약을 쳐야 한다. 포기가 앉을 때 배추벌레가 들어가면 속을 파먹기 때문에 배추 농사를 망치게 된다.

배추는 수분을 좋아하기 때문에 물을 듬뿍 자주 줘야 하는데, 지나치면 과습으로 뿌리가 썩는 무름병이 생기니

만만치 않은 녀석이다.

10월 한 달에 걸쳐 포기를 만든 배추가 11월에 접어들며 기온이 더 내려가자 이제 살겠다는 듯 부쩍부쩍 몸집을 키웠다. 그 결과 한 포기에 3킬로그램은 기본이고 5킬로그램을 넘긴 배추가 탄생했다.

올여름 유독 날씨가 더워 동네에서도 배추 농사를 망친 집이 여럿이었다. 옆옆집 할머니네는 뿌리가 썩어 들어가다 크기도 전에 일찌감치 뽑아 김치를 담갔다고 했다. 우리 집 배추는 동네에서 잘됐다는 소문이 났다고 해 마음이 웅장해졌다. 그 작고 연약하던 새싹이 묵직한 배추가 되다니. 신이시여, 정녕 이 배추를 제가 키운 게 맞습니까?

10월의 장마

"하늘에서 내리는 건 무엇이든 다 좋다. 비든, 눈이든. 우박
일지라도."

이렇게 글을 쓴 시절이 있었다. 이 고백은 대체로 유효하
지만, 농사를 짓기 시작하면서 조금씩 수정되기 시작했다.

"하늘에서 내리는 건 무엇이든 다 좋다. 비든, 눈이든.
우박은 빼고. 그리고 적당한 때에 적당히 올 것!"

지난주의 일기예보. 온통 비비비였다.

가을 하늘은 우리가 어린 시절 교과서에서 귀가 닳도록
배운 '천고마비, 높고 푸른 하늘'이어야 마땅하고 옳다. 그
런데 그 마땅하고 옳은 게 그렇지 않게 되었다.

10월의 장마 때문이다. 이달에는 하루이틀이 아니라,
열흘 넘게 비가 내렸다. 농사 달력에는 '가을장마'란 게 없

는데, 새로 만들어야 넣어야 할 판이다.

수치로도 확인할 수 있다. 10월 15일 기상청이 집계한 내용에 따르면, 지난 9월 14일부터 10월 13일까지 서울을 비롯한 수도권에 내린 비가 328.1밀리미터였다. 이는 평년 (1991~2020년) 95밀리미터보다 약 3.5배 많은 수치다. 또한 관측을 시작한 1973년 이래 두 번째로 많은 강수량이라고 한다.

희한하게도 올여름에는 여름장마가 조용히 넘어갔다. 설레발이라고 할까 봐 저어되긴 하지만 태풍도 한반도를 곱게 비껴갔다. 고마운 날씨라고 안심했는데 뒤늦은 복병, 가을비가 온 들판을 적시고 말았다.

모든 농사가 끝난 후라면 가을비를 마뜩잖아할 이유가 없다. 그러나 아직 논에는 추수를 앞둔 벼가 있고, 밭에는 고구마, 배추, 무가 자라고 있다.

첫해 김장 농사가 성공적이었다면 2년차 김장배추는 배추무름병 때문에 점점 썩어가고 있다. 이번주에도 썩어가는 배추를 몇 포기 뽑아왔다.

5도 2촌인 우리 집이야 배추 몇 포기 손해 보는 데서 끝나지만 농사를 대규모로 하는 전업농들은 걱정이 이만저만 아니다. 곧 추수해야 하는 벼가 비를 맞아 논에 쓰러져 있다. 쓰러진 채로 비를 오래 맞으면 싹이 날지도 모른다니 걱정이다. 수확해야 하는 고구마도 밭이 질어서 캐지 못해

상품 가치가 떨어져 걱정이란다. 고구마는 제때 캐지 않으면 섬유질이 질겨진다.

배추무름병도 우리 마을 전체를 덮쳤다. 마을에서 배추가 온전한 집이 몇 안 된다고 한다.

비는 농사에 필수요소다. 그런데 농부들은 비가 안 오는 게 많이 오는 것보다 낫다고들 말한다. 비가 안 오면 물을 떠다 주면 되지만, 내리는 비는 막을 도리가 없기 때문이다. 올해 같은 가을장마가 앞으로도 계속 이어진다면 노지에서 농사를 짓는 것은 어려워진다. 모든 작물을 비닐하우스에서 키워야 하는 날이 오게 될지도 모르겠다.

정성 들인 작물과 채소는 가을장마에 신음하고 있는데 잡초들은 생생하다.

"세상은 어쩌면 이렇게 아이러니할까. 애써 키우는 건 썩어 문드러지고, 심지도 않은 건 이렇게 잘 자라니 말이야."

마음 한 쪽에서는 잡초가 기특한 생각도 든다. 누가 심지도, 돌보지도 않건만 스스로 싹을 틔우고 꽃을 피우고 열매를 맺는다. 자연은 늘 불공평하지만, 동시에 공평하다. 누구에게나 살아남을 틈을 준다.

그리고 순응하는 법을 배우라고 말해주는 것 같다.

10월의 장마는 싫지만, 농부들은 또 그 안에서 극복해가는 방법을 찾아낼 것이다. 인류가 농사를 지어온 1만 년 동안 그랬듯이.

감 따기 엘보에 걸렸다

우리 시골집에는 감나무가 유독 많다. 집 앞 길가에 두 그루씩 짝을 이룬 감나무가 여덟 그루 줄 지어 서 있다. 모두 대봉 감나무다.

가을이면 여덟 그루의 감나무에서 주먹만 한 감이 주렁주렁 달려 지나가는 사람들의 발길을 멈추게 만든다.

"아이고, 올해도 많이 달렸네." "감을 따야지. 왜 안따고 두고 보는가." "누가 따먹고 싶다길래, 주인도 없는데 따면 안 된다고 내가 말렸지."

감나무 앞에 서 있으면 동네분들이 감 얘기를 끝없이 하고 가신다. 그만큼 동네에서 최고 인플루언서가 바로 우리 집 감나무다.

강원도는 추위 때문에 감이 잘되지 않는 지역이다. 감

나무는 추위에 약하기 때문에 영하 10도를 넘나드는 날씨를 견뎌내지 못하고 얼어 죽는다. 그래서 우리 동네에는 감나무가 있는 집이 드물다.

아버지는 감나무를 심고 겨울이면 보온재를 감싸주었다가 봄이 되면 풀어주는 수고를 마다하지 않았다. 감나무가 두 그루씩 짝을 이룬 것은 혹시 하나가 죽을까 봐 감나무를 두 개씩 심은 까닭이고, 2개가 모두 잘 자랐지만 아까와서 하나를 캐버리지 못한 결과다.

마당으로 진입하면 감나무가 집 좌우로 각각 한 그루씩 서 있다. 여기 감나무는 특이하게도 감나무-호두나무가 짝을 이뤘다. 왼쪽도 감나무-호두나무, 오른쪽도 감나무-호두나무다. 왼쪽 감나무는 대봉, 오른쪽 감나무는 단감인 것이 차이라면 차이다.

열 그루에서 끝났으면 좋았으련만 뒤란으로 돌아가면 세 그루가 또 있다. 뒤란의 감나무는 모두 단감이다.

'우리 집 감나무는 모두 열세 그루'라고 정리하면서 고개를 드니 뒷동산으로 이어지는 언덕에서 두 그루의 감나무가 "나도 있다"라고 존재를 드러낸다. 여기도 단감이다. 이로써 우리 집 감나무는 모두 열다섯 그루로 밝혀졌다. 대봉 아홉 그루, 단감 여섯 그루다.

감나무는 농약 한 번 안 쳐도 감을 주렁주렁 매단다. 전지도 하지 않고 적과도 하지 않았더니 제멋대로 자라 한껏

열매를 맺었다. 지난여름에는 감이 하도 많이 달려 가지가 찢어지기도 했다. 찢어진 가지에서 건진 풋감은 항아리에 담아 감식초가 되기를 기다리고 있다.

초록 잎들이 모두 떨어진 늦가을부터 감나무의 진가가 빛을 발하기 시작한다. 추풍낙엽으로 앙상해진 나무들 사이에서 감나무가 유일하게 붉은 감으로 세상을 밝힌다. 잘 익은 감이 조롱조롱 매달려 있는 풍경은 크리스마스트리에 달린 알전구를 보는 것만큼 포근하다.

감이 알아서 풍작을 만들어냈으니 농부는 거두기만 하면 된다. 세상에 공짜가 없다는데, 우리 집 감만큼은 공짜라고 물개박수를 치며 좋아했다.

공짜의 기쁨은 얼마 지나지 않아 노동의 슬픔으로 바뀌었다. 따야 할 감이 많아도 너무 많았다. 한 그루에 50~100개 정도의 감이 달린다고 치면 750~1500개를 따야 한다. 게다가 감나무의 키가 모두 커서 감 따는 장대로도 모자라 사다리를 밟고 올라가야 한다.

감 따는 장대는 끝에 가위가 달려 있어 긴 끈을 당겨 가위질을 하는 원리다. 무거운 장대를 이리저리 옮겨가며 가위질을 하는 것은 생각보다 쉽지 않다. 장대는 무겁고 감은 높다.

감은 가지를 자르면서 따야 한다. 가지를 잘라주면 후년에 감이 더 잘 달린다고 한다. 감도 따고 전지도 하니 일석이조라고 생각하며 '장대의 무게'를 견뎠다.

감 따기에 과도하게 몰입한 종착역은 감 따기 엘보였다. '감 따기 엘보'는 사전에 없는 말이다. 내가 만들었다. 장대를 들고 하루 종일 감을 땄더니 오른팔 인대가 늘어났는지 통증과 함께 엘보가 왔다.

흔히 테니스 엘보, 골프 엘보라는 질환명으로 불리지만 감 따기를 하다가 생긴 엘보를 그렇게 부르는 건 도무지 어울리지 않는다. 운동이 아닌 노동으로 얻은 엘보이니 대분류 노동 엘보, 소분류 감 따기 엘보가 적당해 보인다.

한의원에 가서 침 맞고 정형외과에 가서 주사 맞고 약을 먹었다. 급기야 팔 보호대까지 착용해보았지만 두 달 가까이 나을 기미가 보이지 않는다. 병원에 가면 "가급적 팔 사용을 자제하라"는데, 오른팔을 안 쓸 수가 있나. '아무개의 오른팔'이라는 관용구가 왜 생겼는지도 알게 됐다. 오른팔을 안 쓰면 생활이 어렵다.

감 따기 엘보로 감 따기는 전격 중단됐다. 세상에 공짜는 없고, 세상에 쉬운 일은 하나도 없다.

은행나무 사위를 봤다

어느날 갑자기 사위가 생겼다. 결혼을 하지도 않았고, 아들도 딸도 없는 나에게 사위라니.

사람 사위가 아니라, 은행나무 사위다.

우리 집 뒤란에서 뒷동산으로 넘어가는 언덕에 키 큰 은행나무가 있다. 봄이면 고운 연두색 잎을 내밀고 가을이면 노란 잎을 떨군다.

언제부터 그 자리에 은행나무가 있었는지는 알 수 없다. 어느 날 문득 은행나무가 그 자리에 있다는 것을 알아차렸다. 가을이면 은행을 떨어뜨리는 암나무라는 사실도 그 지독한 냄새로 알게 되었고.

은행나무는 30년을 자라야 비로소 열매를 맺기 시작한다고 한다. 지금 심으면 30년 후에 은행알을 딸 수 있다는 뜻이다. 손자를 볼 때쯤 열매를 얻을 수 있다고 해서 '공손수公孫樹'라고도 부른다. "은행나무 함부로 베지 말라"는 캠페인이라도 벌이고 싶어진다.

우리 집 은행나무는 해마다 은행알을 엄청나게 맺고 있으니 30년은 족히 넘었을 것으로 추정된다. 그 자리에 30년 넘게 있었을 텐데 그동안 왜 은행나무의 존재를 알지 못했을까.

은행나무는 암수가 나뉘어진 암수딴그루다. 우리 집 은행나무가 암나무이니 주변 어디에 수나무가 있을 텐데, 하며 동네를 어슬렁거렸다. 옆집에도 없고, 옆옆집에도 없고, 마을회관에도 없었다. 놀랍게도 수나무는 우리 집에서 1000미터는 훨씬 떨어진 곳에 있었다. 마을 초입, 지서와 버스 정류장이 있는 삼거리에 커다란 수나무가 위풍당당서 있었다.

마을 안을 샅샅이 뒤져보아도 은행나무라고는 우리 집 은행나무와 버스 정류장 은행나무가 전부였다. 두 나무가 부부라는 것은 누가 말해주지 않아도 알 수 있었다.

버스 정류장 은행나무가 사위라고 생각하니 버스를 타러 정류장에 나갈 때마다 꼭 쳐다보게 된다. 속으로 말도 건넨다.

'잘 있었니? 우리 집 은행나무도 잘 있어.'

은행銀杏의 한자를 살펴보면 은 은銀에 살구나무 행杏이

다. 은빛 살구라는 의미다. 은행은 과육을 먹지 않지만 과육 부분이 살구를 닮았다. 과육에서 몹쓸 냄새가 난다는 것이 은행의 단점이다. 도시에서 가로수로 주로 심은 은행나무가 애물단지 취급을 받으며 퇴출되기 시작한 것도 냄새 때문이다. 오죽하면 은행나무의 암수를 구별해 열매를 맺지 않는 수나무만 가로수로 심는 프로젝트를 펼치고 있을까.

은행알이 떨어질 즈음이면 이웃에서 민원이 들어오기도 한다. 동네 어르신이 냄새난다면서 은행나무를 "마카 베어버리라"고 지청구를 놓곤 했다. 30년이 넘게 한자리에서 잘 살아온 은행나무를 베어버리다니 말도 안 되는 이야기다. 우리 집 은행나무가 그 소리를 듣지 못했기를.

은행나무 부부는 금슬이 좋아 해마다 가을이면 은행알을 한 자루도 넘게 선물해준다. 알도 제법 굵어 벅앙지(부엌 아궁이의 강원도 방언)에서 구워 까먹는 재미가 쏠쏠하다.

당장 먹을 은행알만 한 됫박 정도 줍고, 나머지는 떨어진 자리에 그대로 둔다. 그러면 눈비를 맞으면서 과육이 쪼그라들고 냄새가 빠진다.

몇 년 전, 시골집을 수리하면서 구들방을 하나 남겨두었다. 장작불 때면서 불멍하는 재미가 큰데 숯불에 고구마, 감자, 밤 같은 것은 구워 먹으면 그 맛이 일품이다. 겨울에는 은행을 구워 먹는 재미가 추가된다.

눈이 수북이 쌓인 겨울날, 눈을 헤치고 은행알을 몇 개

주워다가 장작불이 타고 있는 벅앙지에 넣고 부지깽이로 뒤적거리면 얼마 지나지 않아 은행이 톡 튀어나온다.

갓 구워낸 은행알은 따뜻하고 고소하고 쌉싸름하다. 무슨 독소가 있어서 하루에 6개 이상 먹으면 몸에 좋지 않다고 한다. 그래서 숫자를 세어가며 먹어야 해 더 맛있게 느껴진다.

은행알에는 몸에 좋은 성분이 많다. 혈액순환, 지방 제거, 독소 배출, 피로 회복, 불면증 개선, 폐 기능 강화, 탈모 개선, 노화 방지까지. 이렇게 좋으니 마구 먹고 싶지만 일정량 이상 섭취하면 독소 때문에 어지럼증, 호흡곤란 등이 생길 수 있다니 참아야 한다.

"지나친 것은 미치지 못한 것과 같다."

은행을 먹으며 공자의 중용中庸을 음미한다.

허무하게 끝난
올해의 김장대첩

지지난주 주말 시골집에서 김장대첩을 치렀다. 작년에 100 포기가 넘는 김장을 담갔던 기억을 떠올리며 미리부터 각오를 단단히 다지고 내려갔으나, 결론부터 말하면 심심하고 허무하게 끝나버렸다.

올해는 가을비가 유난히 잦았던 까닭에 배추 농사가 흉작이었다. 배추무름병이 와서 배추가 시들시들 죽어가고 있다는 걸 진즉 알고 있었기에 작황이 좋지 않을 것은 예측하고 있었다. 그러나 성한 배추가 적어도 너무 적었다. 죽은 것을 빼고 멀쩡한 배추를 골라놓고 보니 약 삼사십 포기 정도였다. 어떤 것은 속이 덜 찬 배추라기보다는 얼갈이에 가까웠다. 150포기를 심었는데 삼사십 포기를 건졌으니 30 퍼센트도 채 되지 않는 참혹한 성적이다.

김장을 하기 위해 시골에 내려간 날은 마침 절기상 입동이었다. 시골집에 도착해 팔을 걷어붙이고 배추를 뽑으려는 찰나, 엄마가 말씀하셨다.

"오늘이 입동이네? 입동에는 배추를 만지면 안 되니까 오늘은 뽑지 말아라."

난생처음 듣는 미신에 나와 동생은 어리둥절할 수밖에 없었다.

"입동에는 배추를 뽑으면 안 된다고요? 그런 미신이 있어요? 처음 듣는걸요."

엄마는 "입동에 배추를 만지면 집안에 우환이 끊이지 않는다고 해서 옛날부터 꼭 지켰다"라고 말씀하셨다.

엄마의 말씀에 따라 배추 뽑기를 하루 미뤘고, 결국 절이기, 김치 담그기가 순차적으로 하루씩 밀렸다.

친척 아재네 집에 마실을 갔더니 동네 배추가 다 흉작이라고 하셨다. 제대로 된 집이 거의 없어서 다들 밖에서 배추를 사다 김장을 담그고 있다고.

다음 날 아침 일찍 배추를 뽑기 시작했다. 작황이 좋지 않은 배추와 달리 무는 매우 잘 자라 풍성했다. 키울 때도 수월하고 병충해도 덜하고 김치 담글 때도 편한 것이 무 아닌가. 배추는 줄이고 무를 더 많이 심어야겠다고 머릿속에 되새겼다.

배추와 무를 뽑아 손질해 소금에 절여놓은 후, 우리 가

족은 나들이옷으로 갈아입고 건넛마을로 출동했다. 마침 이웃 마을에서 '도천리김장축제'가 열린다는 첩보를 입수했기 때문이다.

배추가 소금에 절여지는 동안, 축제를 구경하고 밥도 먹고 오기로 했다.

축제가 열리는 곳은 과거 도천초등학교 자리였다. 학생이 줄어 폐교돼 버려져 있던 것을 마을 주민들이 쓸고 닦아 쉼터로 활용하고 있었다.

11시쯤 도착해 보니 운동장 가장자리에 차양이 둘러쳐져 있고 사람들이 사오십 명 남짓 모여 있었다. 한쪽에서는 동네 농산물을 파는 매대가 마련됐고, 특산물 판매 부스도 있었다. 고추장 만들기 체험 코너에서는 500그램짜리 고추장을 만들어 무료로 챙겨 올 수 있었다.

점심은 동네 어르신들이 만들어 파는 5000원짜리 백반과 메밀전병, 어묵국 등을 구입해 한 상 차려 먹었다. 동네 부녀회에서 만들어주는 즉석 메밀전병이 따뜻하고 맛있었다.

몇 개의 게임에도 참여했다. 먼저 신발 양궁. 신발을 던져 과녁에 가장 가깝게 넣은 사람이 상을 받는 경기다. 신발을 냅다 던졌는데 과녁 밖으로 굴러떨어졌다. 심기일전해 집중했지만 순위권 탈락.

다음은 훌라후프 오래 돌리기 대회. 3위 안에 들어서 부상으로 칼 선물 세트를 받았다. 평소 훌라후프를 연습한 덕을 크게 보았다.

축제의 하이라이트는 노래자랑이었다. 평소 노래를 좋아하는 엄마의 등을 떠밀어 대회에 출전하시게 했다. 팔순이 넘어 귀가 잘 안 들리게 되자 엄마의 노래 실력이 크게 줄었다. 반주 소리가 잘 안 들려 박자를 몇 번 놓친 엄마는 수상자 명단에 들어가지 못했다. 그래도 참가한 사람에게 모두 제공하는 빨간 소쿠리를 받았다. 처음 참여한 김장 축제에서 칼 세트와 소쿠리를 득템 한 우리 가족은 "내년에는 미리 연습을 철저히 하고 참여하자"라고 각오를 다졌다. 엄마가 내년 노래자랑에서 무슨 노래를 부르면 좋을까 머리를 맞대기도 했다.

사실 도천리는 외갓집이 있었던 마을이다. 운학리라는 심심산골에서 살던 엄마가 우리 동네로 시집온 후 얼마 지나지 않아 외갓집이 우리 집과 다리 하나 건너인 도천리로 이사를 왔다고 했다. 그래서 어린 시절 외갓집 나들이는 다리 하나만 건너면 되는 간단한 여정이었다. 도천리에 사셨던 외할머니 외할아버지가 돌아가신 후 큰외삼촌이 도천리 집을 팔아 외지로 떠나자 도천리는 아무 연고가 없는 마을이 됐다. 발걸음할 일이 없던 도천리에 축제를 핑계 삼아 올 수 있게 되어 기뻤다.

김장 축제는 마을에서 절임 배추와 양념을 만들어 체험비를 내고 김치를 담가가는 프로그램이 하이라이트다. 10킬로그램에 9만 4000원, 20킬로그램엔 18만 원이었다. 절임 배추는 물론 양념까지 모두 만들어주니까 버무리기만 하면 김장이 완성된다는 점에서 무척 매력적이었다. 내년에는 도천리김장축제에 와서 흥겹게 놀고 김치까지 담가가기로 가족들과 의견을 모았다. 과연 우리의 결의는 실현될까?

실컷 놀고 오후 네다섯 시쯤 집으로 돌아와 쉬엄쉬엄 무채를 썰고 김장 속 재료를 만들며 내일의 김장을 준비했다.

다음 날 아침 절인 배추를 씻어 채반에 건져놓고 김치를 버무리기 시작했다.

배추가 몇 포기 되지 않아 작업은 쉽고 간단하게 끝났

다. 그사이 무를 썰어 깍두기와 섞바지도 담갔다. 김장을 하는 시간보다 노는 시간이 더 많았던 2박 3일의 김장대첩이었다.

오! 마이 갓김치

늦가을, 텃밭에 나갔을 때 깜짝 놀라고 말았다. 여기도 갓, 저기도 갓. 갓이 푸르름을 자랑하며 싱싱하게 자라고 있었다.

매일매일의 발달 상황을 육아 일기로 쓸 수도 있는 배추와 달리, 갓은 내 손으로 심은 기억이 없다. 심은 기억이 없으니 당연히 자라는 것을 본 적도 없다. 따로 심지도 않았는데 갓은 저절로 발아해 싹을 틔워 무럭무럭 자랐다.

갓은 저 혼자서도 충만한 삶을 살아가는 완성형 인간 같다. 누구에게 기대지도 않고 도움을 바라지도 않으며 홀로 잘 먹고 잘 살아간다. 향이 독특해서인지 벌레도 잘 꼬이지 않는다. 게다가 파종 후 40~50일 정도면 수확할 수 있어 2모작, 3모작도 가능하다.

영양소도 풍부하다. 비타민A는 물론 비타민C, 칼슘, 식이섬유까지 다양한 영양소가 들어 있어 사람의 몸에 이롭다. 갓의 이름이 '갓'인 이유를 알 것만 같다. 신이 내린 채소라 할 만하다.

양이 얼마나 많은지 잠깐 뜯었는데도 대바구니가 철철철 넘쳤다. 말 그대로 유기농, 무농약, 친환경 갓이다. 갓 본 김에 갓김치를 담그기로 하고 소금에 절였다. 배추는 10시간 넘게 절여야 하지만 갓은 한두 시간이면 충분했다.

사실 강원도는 갓김치를 먹는 문화가 없다. 우리 집만 그런지는 몰라도 갓은 그저 배추김치를 담글 때 파와 함께 썰어 넣는 조연에 불과하다. 강원도에서는 갓을 소금에 절여두었다가 꺼내 갖은양념에 무쳐 먹는 것을 갓김치라고 불렀다는 자료를 읽은 적이 있다. 그러나 우리 집은 갓을 절여 무쳐 먹는 문화도 없었다. 갓김치를 처음 먹어본 것은 직장생활을 시작하면서였다.

갓김치의 고장이라면 단연 여수다. 여수돌산갓김치가 유명해 인터넷 쇼핑몰에서도 상당히 많이 팔린다. 전라도 김치는 젓갈이 듬뿍 들어간, 강렬한 양념 맛이 특징이다.

이에 비해 강원도 김치에는 젓갈이 많이 들어가지 않는다. 멸치액젓과 새우젓 조금이 전부다. 여기에 고춧가루, 다진 마늘, 찹쌀풀, 설탕, 소금을 잘 섞은 다음 절여둔 갓을 넣고 버무리면 끝이다. 배추김치가 배춧잎을 일일이 들춰가며 속을 발라줘야 하는 데 비해 갓은 양념을 넣고 한꺼번에 휘휘 버무리면 되니 일이 수월하다. 김장을 갓김치로만 담그면 몇 항아리라도 할 수 있을 것 같다.

김장을 마치고 김치를 배분하는데, 갓김치를 접하지 못한 식구들답게 그걸 가져가겠다는 식구는 아무도 없었다. 자연스럽게 20킬로그램의 갓김치는 내 차지가 됐다.

갓김치를 서울로 가지고 올라와 3킬로그램씩 소분해 소중한 분들에게 택배로 보냈다. 늘 든든한 소나무 같은 시인 선생님, 새로운 기법을 전수해준 일러스트 선생님, 항상 격려를 아끼지 않는 오랜 친구, BBC 다큐에 출연한 언론사 후배, 천사표 해고 동지 후배. 택배를 받은 분들께서 "갓김치가 참으로 맛있다"라고 칭찬을 아끼지 않아 보람을 느꼈다.

나에게는 아직 5킬로그램의 갓김치가 남아 있다. 김치냉장고에서 천천히 잘 익어가는 중이다. 코끝까지 시린 어느 겨울날, 외출에서 돌아와 따뜻한 밥을 지어 갓김치를 먹어야겠다.

쌀은 '지리산 작은학교'에 다니는 아이들이 지은 유기농 햅쌀이다. 아이들이 직접 볍씨를 뿌려 모판을 만들고, 손으로 모내기를 하고 피를 뽑아가며 키워 추수해 거둔 귀한 쌀이다. 벼농사를 지으며 자연의 소중함과 농사의 위대함을 체험한 아이들의 목소리가 편지에 담겨 있다.

농사를 지어보면, 세상에 거저 얻어지는 식재료는 없다는 걸 알게 된다. 내 밥상에 올라온 모든 식재료는 농부, 어부가 땀 흘려 가꾸고 거둬들인 것들이다. 한 톨도 낭비하지 말고 정성껏 먹어야 할 일이다.

귀한 쌀밥에 직접 만든 갓김치를 올려 밥을 먹으면 뱃속이 든든해지겠지. 올겨울이 따스하겠다.

가을에는 밀레의
'이삭줍는 여인들'이 된다

프랑스 사실주의 화가 밀레의 '이삭줍는 여인들'은 누구나 한 번쯤 보았을 법한 유명한 그림이다. 추수를 마친 밭에서 이삭을 줍고 있는 농부의 모습을 사실주의적 기법으로 묘사한 그림이다. 이 그림이 중요한 의미를 지니는 것은, 직전까지 평범한 농부를 그림의 소재나 주제로 삼은 적이 없었다는 데 있다. 이 그림에서 비로소 평범한 대중이 주인공으로 등장했다. 그 사실을 알고 보니 그림이 더 친숙한 느낌이 든다.

농촌에서는 가을이면 매일 이삭줍기가 펼쳐진다. 1년 동안 부지런히 농사를 지은 농부들이 결실을 거둬들이고 긴 휴식에 들어가는 계절이 가을이다. 이 시기가 바로 이삭줍기 신공을 발휘할 때다.

몇 년 전 인삼 수확을 마친 밭에 이삭줍기를 다녀온 적이 있다. 마침 우리 집이 인삼 농부에게 대여해준 밭이라서 이삭줍기에 대한 정보를 얻을 수 있었다.

인삼을 캔다는 소식을 듣고 인삼밭 이삭줍기를 가보니 밭두렁 앞에 할머니들이 삼삼오오 앉아 있었다. 인삼 주인이 농기계를 이용해 인삼을 모두 캐서 트럭에 싣고 떠나면 그때부터 이삭줍기의 시간이다. 부리나케 뛰어들어 빈 밭을 샅샅이 훑어가다 보면 손가락 한마디 크기의 부러진 인삼 뿌리를 속속 발견할 수 있다. 인삼은 아무리 작은 실뿌리라도 모아놓으면 여러모로 쓸모가 있으니 하나라도 눈에 띄면 주워 들어야 한다. 삼계탕에 넣어 끓여 먹어도 좋고, 고추장 넣고 조물조물 무쳐 반찬처럼 먹을 수 있다.

부러진 인삼 뿌리를 찾다가 가끔 대물을 발견할 때도 있다. 실뿌리를 잡아당겼는데 온전한 인삼 한 뿌리가 나오는 경우다. 이럴 때 짜릿한 손맛이 느껴지면서 무엇에 비할 수 없는 아드레날린이 샘솟는다. 낚시를 해보지는 않았지만 대어를 낚았을 때 기분을 알 것도 같다. 옆의 할머니에 뒤질세라 눈을 이리 굴리고 저리 굴리고 발을 재게 놀려가며 주운 인삼이 검은 봉지를 가득 채웠다. 인삼 봉지를 들고 집으로 돌아가는데 어찌나 웃음이 나는지, 앞으로 인삼 캐는 집이 있으면 빠짐없이 이삭줍기하러 가리라 다짐했다.

발걸음도 가볍게 집으로 돌아가 엄마에게 봉지를 건넸다. 어린 시절 100점 맞은 성적표를 내밀던 그 심정이었다.

봉지 속 내용물을 본 엄마가 상자를 하나 갖고 나와 눈앞에 내려놓으셨다. 튼실한 인삼이 서너 뿌리 담긴 상자였다.

"인삼 캔 분이 놓고 가셨다. 밭 빌려줘서 고마웠다고."

그 인삼은 한 눈에도 크고 실해 보였지만, 나는 내가 이삭줍기한 인삼이 더 소중했다.

요즘 가장 인기 있는 이삭줍기 현장은 콩밭이다. 콩은 가장 늦게 수확하는 작물이다. 콩잎이 시들어 떨어진 후 줄기가 말라야 비로소 수확한다. 서리태는 서리 맞을 때 수확한다고 해서 서리태다. 누구네 집에서 콩을 털었다는 소문을 듣고 이삭줍기를 하러 동생과 함께 밭으로 출동했다.

콩밭에는 이미 동네 어르신 두 분이 허리를 숙인 채 콩을 줍고 계셨다. 이에 질세라 동생과 나는 재빨리 밭으로 뛰어들어갔다.

콩 역시 기계로 수확하다 보니 벌어진 꼬투리에서 알이 튀어나와 밭에 여기저기 떨어져 있었다. 잘 익은 콩이 널려 있어 줍는 재미가 쏠쏠했지만 그에 못지않게 허리 통증이 밀려들었다. 돌아보니 동네 어르신들은 모두 엉덩이 방석을 깔고 앉아 이삭줍기를 하고 계셨다. 콩 이삭줍기에는 엉덩이 방석이 필수품임을 새삼 알게 되었다.

엉덩이 방석 없이 서서 허리를 숙인 채 콩을 줍는 동생의 모습이 밀레의 '이삭 줍는 여인들'과 똑같았다. 다음에는 머릿수건을 쓰고 나오라고 해볼까.

약 1시간 정도 주웠더니 2컵 정도 양이 됐다. 동생과 나는 "이삭줍기 열심히 하면 내년 먹을 콩을 장만할 수 있겠다"면서 희희낙락 집으로 돌아왔다.

수확을 마친 배추밭에서도 이삭줍기를 쏠쏠하게 할 수 있다. 올해는 병든 배추가 많아 아예 수확하지 않고 버려둔 밭도 꽤 있다. 이런 곳에 나가면 비교적 멀쩡한 배추를 이삭줍기해 올 수 있다. 무도 마찬가지. 작고 상품성이 없어 버려진 무를 잘 챙겨 오면 겨우내 볶아 먹고 지져 먹을 수 있다.

시골에서 살면 식비가 돈이 덜 든다는 얘기가 틀린 말이 아니다. 하지만 그보다 더 중요한 건, 이삭줍기를 하지 않으면 버려지고 말 작물을 마지막까지 살뜰하게 거둬들인다는 점 같다. 땅이 내준 소중한 농작물을 한 톨이라도 잘 거둬 먹는 것이야말로 자연의 고마움을 오래 음미하는 일이 아닐까?

어쩌다 농부가 된 나는 올가을, 밀레의 그림을 다시 떠올려보았다. 명화의 주인공이 되었다는 기쁨에 마음이 더 풍성해졌다.

겨울은 농사의 쉼표이자, 마음의 마침표다. 농한기의 시간 속에서 흙은 잠자고, 사람은 휴식한다. 쉬는 것도 농사의 일부라는 걸, 이제야 알겠다.

쉬는 기쁨

밭은 쉬어도
삶은 계속된다

약도 없는
'다 심겠어'병

텃밭 농사를 시작한 후 덜컥 '다 심겠어'병에 걸렸다. 이 병으로 말씀드리자면, 뭐든 내 텃밭에 다 심고 싶어지는 증상인데, 한번 걸리면 약도 없다는 불치병이다.

마트에 가서 딸기가 보이면 가격을 살펴보다가 "으아아, 뭐가 이리 비싸" 하면서 뒤로 물러선다. 그러면서 동시에 "내 텃밭에 심어 먹어야겠다"라고 결심하는 것이다.

올겨울 유난히 비쌌던 시금치를 살 때도 그랬다. 김밥에 시금치를 듬뿍 넣어 먹는 것을 좋아하는 나는 "역시 시금치도 내 밭에 심어야 실컷 먹을 수 있겠네" 했다.

지난해 가을 배추 농사에 성공하고 나서는 올해는 100포기로 물량을 대폭 늘리기로 마음먹었다. 배추 농사 짓느라 노심초사했던 건 다 잊었다.

최근에 텃밭에 심고 싶은 품목으로 새롭게 넣은 채소가 있으니, 브로콜리니다. 흔히 우리가 아는 브로콜리는 코끼리 다리처럼 튼튼한 기둥을 가지고 있는데, 브로콜리니는 가늘가늘한 줄기가 특징이다. 그렇기에 기둥을 떼고 먹는 것이 아니라 마치 나물처럼 먹을 수 있다.

농사 카페에서는 농한기를 맞은 회원들이 지난가을 거둬들인 씨앗을 갈무리해 나눔한다. 씨앗 나눔 글이 올라오면 자동반사적으로 손을 들고 만다. 나눔하는 씨앗만 보면 손을 번쩍 드는 '저요 저요'병이다.

모시, 방풍나물, 조선대파, 호박 등 먹을 수 있는 채소 씨앗은 물론 붓꽃, 파초, 봉숭아, 해바라기 등 나의 텃밭에 없는 꽃 씨앗까지 손을 번쩍번쩍 든 결과 '밭이 모자랄 정도'로 많은 씨앗을 보유하게 됐다.

아버지는 살아생전 뒷산을 자꾸자꾸 개간해 밭을 늘렸다. 왜 그러시는지 도무지 이해할 수 없었다. 밭을 줄여야 놀면서 농사를 지을 텐데 왜 저러실까. 그런데 지금 내가 그러고 있다. 밭이 부족한데 뒷산으로 진출해볼까?

'심고 보자'병도 생겼다. 귤 씨앗도 심고, 아보카도 씨앗도 심고, 토마토 씨앗도 흙에 묻어놓고 본다.

씨앗을 심을 때 열매를 반드시 보겠다는 의지가 있는 것은 아니다. 씨앗이 발아해 잎이 나고 그 잎이 크는 모습을 보는 것으로 족하다.

　요즘 서울의 집에는 토마토가 한창 자라고 있다. 마트에서 사다 먹은 토마토의 씨앗을 심은 결과다. 햇빛이 부족해 키만 껑충 컸다. 토마토가 자라서 열매를 맺을 리 없는데, 화초 삼아 키우는 중이다.

　토마토는 잎을 손으로 문지르면 풋풋한 향이 난다. 그 잎이 겨울철 삭막한 내 거실을 생기 있게 만들어준다. 그것으로도 토마토 씨앗을 화분에 묻어둔 보람이 차고 넘친다.

　'다 심겠어'병, '저요 저요'병, '심고 보자'병은 나을 기미가 보이지 않는다. 아니, 점점 더 깊어지고 있다.

　이제는 공원에서 떨어진 씨앗을 주워 오는 지경에 이르렀다. 엊그제는 동백나무 씨앗을 주워다 심었다. 솔방울을 심으면 소나무가 나올까 궁금해 슬쩍 심어본다.

　베란다도 없는 조그만 아파트에서 세 가지 병을 해소하기에는 역부족이다. 이쯤 되니 광화문 한복판에서 농사를 짓고 싶다고 하셨던 화가 김점선 선생님이 생각난다.

　선생님은 돈을 벌면 광화문 한복판 빌딩을 사서 싹 밀어버리고 그 땅에 농사를 짓겠노라고 하셨다. 그 프로젝트가 너무 기대돼 우리는 선생님이 빨리 돈을 많이 벌어서 광화문 한복판의 빌딩을 사길 기다렸는데, 슬프게도 하늘나라로 일찍 떠나셨다.

　나는 광화문 한복판은 아니더라도 서울의 어느 변두리에서 농사를 짓는 꿈을 꾼다. 빌딩을 부수지 않더라도 자그

마한 마당이 남아 있는 허름한 집을 사서 채소와 꽃과 나무를 가꾸고 싶다. 가끔 친구들을 불러 한 아름 꽃을 따서 안겨줘야지.

두부가 엉기는 시간

콩 딴 김에 두부를 만들었다. 내가 아니고 엄마가.

우리 엄마, 1942년생 이춘자 여사는 서울살이 45년이 넘었지만 여전히 강원도 심심산골의 생활방식대로 살아가신다.

음식은 뭐든 당신 손으로 만들어 먹어야 한다는 지론을 갖고 계신 터라 엄마 모시고 외식 한번 하기가 하늘의 별따기다.

엄마는 지금도 만두를 빚겠다고 하면 먼저 콩을 물에 담가 두부부터 만든다. 콩을 불려 갈고 끓이다가 콩물을 거른 다음 간수를 넣어 응고시키기까지 그 번거로운 과정을 조금의 망설임 없이 수행한다.

지난해 가을 추수한 서리태(검정콩)가 넉넉해 엄마는

올겨울 자주 두부를 만들었다.

시골에서는 가마솥이 있어 두부 만들기가 수월하다. 콩을 반나절 정도 불린 다음 믹서에 갈아준다. 한창 두부를 자주 해 먹던 시절에는 업소용 믹서기가 있었는데, 그게 고장 난 후에는 가정용 믹서기뿐이라 콩을 가는 일에 손이 많이 간다.

간 콩을 가마솥에 넣고 불을 때 끓인다. 바닥이 눌어붙어 타지 않게 나무 주걱으로 자주 저어주면서 거품이 생기면 걷어낸다.

잘 끓인 다음에는 자루에 담아 콩물을 짠다. 짜낸 콩물을 가마솥에 붓고 약한 불로 가열해 끓인다. 여기에 간수를 살살 부어주면 콩물의 단백질이 엉겨 순두부가 된다. 뭉친

순두부를 퍼내 틀에 붓고 눌러주면 두부 완성.

갓 만든 두부는 아직 따뜻할 때 손으로 뚝뚝 뜯어 간장을 찍어 먹는 게 가장 맛있다. 두부가 냉장고에 들어갔다 나오면 고소한 맛이 30퍼센트 정도는 줄어든 기분이 든다.

두부 만드는 과정을 곁눈으로 지켜보면서 가장 신기한 순간은 간수에 콩물이 엉기는 때다.

마알간 콩물이 간수를 만나면 바로 반응한다. 액체가 고체로 바뀌어야 콩물이 두부가 되는데, 여기에 없어서는 안 될 매개체가 간수다.

간수가 없으면 콩물이 엉기지 않지만, 콩물 역시 간수를 만날 준비를 완벽하게 마치고 있어야만 한다.

어떤 일을 완성하기까지 필요한 요소를 두부 만드는 과정을 통해 되새기게 된다. 지금의 내가 아무것도 아닌 콩물이다 싶어도 심장을 달궈가며 차곡차곡 준비하고 있어야만 한다. 그 무엇이 되기 위해서는.

엄마가 집에서 두부를 만들면 나는 두부보다 비지에 더 군침을 흘린다. 콩물을 짜고 남은 찌꺼기인 비지는 생으로 먹어도 좋지만 띄웠다가 먹으면 그 맛이 깊고 풍부하다.

비지는 베로 만든 자루에 담아 구들방이나 전기장판 위에 올려두고 담요를 덮어 이틀 정도 띄운다. 그러면 얼마 지나지 않아 콤콤한 발효 냄새가 난다.

띄운 비지는 어른의 맛을 풍긴다. 생비지가 고소하고

가벼운 맛이라면, 띄운 비지는 산전수전 다 겪은 깊은 맛이 일품이다. 어릴 때는 별로 좋아하지 않았던 맛인데, 언제부턴가 띄운 비지를 찾아서 먹게 됐다.

생비지찌개를 파는 식당은 종종 만날 수 있지만 띄운 비지로 만든 찌개를 파는 식당은 드물다. 두부를 만들고 남은 비지를 공짜로 가져가라고 내놓는 곳은 몇 번 보았다.

요즘은 엄마도 내가 비지장이 먹고 싶다고 졸라야 비지를 띄운다. 엄마는 비지장보다는 청국장파다.

띄운 비지로 끓인 찌개를 고향에서는 '비지장'이라고 부른다. 장醬이라는 글자는 간장, 된장, 고추장처럼 간을 더해주는 양념 종류에 붙는다. 비지장이라는 이름이 붙은 것은 비지에 소금을 넣어 오래 보관할 수 있도록 한 데서 유래했다.

비지가 영어의 비지busy 발음과 같아서 "엄마 요새 비지하신가요, 비지를 안 해주시네"라고 말장난을 하곤 한다.

노래 교실 출석하느라 비지한 이춘자 여사님! 비지장 좀 해주세요!

달걀 껍데기와 귤껍질을 모으는 까닭은?

농사를 시작하고 난 후, 쓰레기를 모으는 사람이 됐다. 도시의 멀쩡한 아파트에서 쓰레기를 모으다니. 〈세상에 이런 일이〉에서 카메라 들고 오면 어쩌지.

과거에는 즉각 종량제 봉투에 넣었을 쓰레기들을 이제는 밭으로 보낼 용도로 따로 모아두기 시작했다. 종량제 봉투에 넣으면 무조건 소각장으로 간다. 가정에서 밭으로 보내 거름용으로 쓰면 지구의 쓰레기 처리에 도움이 되고, 밭도 비옥해지니 일석이조다.

쓰레기를 모아두었다가 밭으로 보내는 일은 흙을 생산하는 것이나 마찬가지다. 흙으로 돌아가야 할 것들을 흙으로 보내면 그만큼 흙의 총량이 늘어나는 것이니 말이다.

평소 모아두었다가 밭으로 보내면 좋은 쓰레기는 다음

과 같다.

먼저 달걀 껍데기다. 호랑이는 가죽을 남기고 달걀은 껍데기를 남긴다. 하루에 한두 개씩, 프라이로도 먹고 삶아도 먹다 보니 일주일이면 제법 많은 양의 달걀 껍데기가 나온다. 그동안 달걀 껍데기는 종량제 봉투에 담아 버리는 명명백백한 쓰레기였는데, 농사를 시작한 후로는 아주 소중하게 모으는 퇴비 1순위다. 달걀 껍데기에 들어 있는 단백질과 석회질이 작물 성장에 도움을 준다. 껍질을 믹서기에 갈아서 뿌려주면 흡수에 더 좋다지만, 그럴 여유가 없다면 바싹 말린 후 손으로 대충 부숴 밭에 뿌려도 괜찮다.

그다음으로 소중하게 모으는 쓰레기는 과일 껍질이다. 과일 껍질 역시 매일 조금씩 나오는 쓰레기다. 사과, 배, 감, 바나나, 귤 같은 과일을 먹고 나면 껍질이 생긴다. 특히 겨울철에는 귤껍질이 단연 많다. 귤은 앉은자리에서 대여섯 개 뚝딱 까먹기 때문에 일주일이면 껍질이 바가지에 수북하게 쌓인다. 이렇게 나온 과일 껍질은 잘 마를 수 있게 테이블 위에 늘어놓는다. 껍질을 마구 쌓아놓으면 겹쳐진 부분에 곰팡이가 생길 수 있으므로 잘 펼쳐야 한다. 과일 껍질이 마르면서 겨울철 실내 습기에도 도움을 주니 꿩 먹고 알 먹고다.

바나나 껍질도 밭작물의 성장에 무척 유용하다. 바나나 껍질에는 칼륨, 철분, 비타민B, 비타민C, 마그네슘, 구리 등

이 다량 함유돼 있다. 따라서 바나나 껍질을 모아두었다가 텃밭에 주면 훌륭한 거름이 된다. 바짝 말린 후 가위로 잘게 잘라 흙에 뿌려도 되고, 물에 담가 좋은 성분을 우려낸 후 이를 작물에 뿌려도 좋다. 심지어 바나나 껍질이 흙의 산성과 알칼리성을 조절하는 역할도 한다니 종량제 봉투에 그냥 버리기엔 아깝다.

커피, 원두 등 각종 차를 마시고 남은 찌꺼기도 버리지 않고 모아둔다. 특히 커피 찌꺼기는 지난해 가을, 배추 농사를 지을 때 천연 해충 방지제로 훌륭한 역할을 했다. 차 찌꺼기는 원래 식물의 잎이나 열매이므로 흙으로 돌아가는 것이 너무나 당연하다. 이처럼 차 찌꺼기도 잘 건조한 후 모아두었다가 밭으로 가져간다.

비록 5도 2촌이지만 농사를 지으면서 자연의 순환을 생각하게 된다. 자연은 생장소멸生長消滅한다. 내 눈앞에 있는 식물과 나무만 자연이 아니다. 나 역시 자연의 일부다. 자연의 순환을 돕는 것은 나를 돌보는 일이다.

어느 날부터인가 도시의 아파트에서 키우는 화분에도 쓰레기 퇴비를 사용하기 시작했다. 잘 말려둔 달걀 껍데기, 과일 껍질, 커피 찌꺼기, 차 찌꺼기를 수시로 화분에 뿌려준다. 그동안 물을 주는 것으로 할 일을 다 했다고 생각했는데, 천연 퇴비를 공급했더니 화초들이 더 싱싱하게 자라고 있다.

이렇게 흙으로 돌려보낼 쓰레기를 따로 모아두다 보니 종량제 봉투에 넣는 쓰레기가 현저하게 줄었다. 종량제 봉툿값도 아끼게 되었으니 기쁨이 2배다.

매일 종량제 봉투에 넣을 쓰레기를 결정할 때 나는 햄릿이라도 된 것처럼 심사숙고한다. 버릴 것인가, 살릴 것인가 그것이 문제다.

눈이 와서
배추적을 부쳤다

단풍이 채 물들어 떨어지기도 전, 첫눈이 폭설로 내렸다.

눈은 순수의 세계. 아무 때도 묻지 않은 깨끗함. 저 먼 우주에서 전해진, 해독을 기다리는 메시지. 하염없이 바라보고 또 바라봐도 싫증이 나지 않는다. 눈이 가져온 메시지를 해독하다가 배추적을 부쳤다.

순백의 눈을 바라보는 시간에는 자극 없이 슴슴하고 덤덤한 배추적이 제격이다. 술을 곁들인다면 하얀 막걸리가 좋겠다.

문밖은 온통 하얗고 바람마저 거세게 불어, 낙하하던 눈이 하늘로 치솟는다. 세상은 잠시 멈춘 듯한데 눈송이만 분분 날려 세상이 여전히 돌아가고 있음을 알린다.

그런 날, 나는 김장 때 한 포기 남겨 신문지에 싸놓았던

생배추를 꺼낸다. 흰 밀가루에 물을 조금씩 부어가며 반죽
을 만든다. 한 번에 물을 모두 붓는 것보다 조금씩 부어가
며 농도를 살피는 것이 좋다. 배추적에 쓸 반죽은 너무 되
지도 질지도 않아야 한다. 반죽이 되면 배추 맛보다 밀가루
맛이 크게 느껴지고, 반죽이 질면 배추에 묻지 않고 흘러내
린다. 적당한 반죽을 위한 물의 양은 순전히 감으로 결정해
야 한다.

　배춧잎을 한 장씩 떼어 물에 한번 헹군 다음 건져 물기
를 털어놓으면 배추적 부칠 준비는 끝이다. 팬에 기름을 두
르고 배춧잎 앞뒤로 밀가루 반죽을 입힌 다음 지져주면 된
다. 우리 집은 모든 요리에 들기름을 쓴다. 배추적을 부칠 때
도 당연히 들기름이다. 들기름은 발연점이 낮아 센불에 가열

하면 타면서 연기가 난다. 센불보다는 중불이 적당하다.

할머니나 엄마는 솥뚜껑에 들기름을 듬뿍 넣고 배춧잎 3장 정도를 올려 한 소뎅이(소두뱅이)를 만들었다. 요즘 프라이팬은 사이즈가 솥뚜껑보다 작기 때문에 배춧잎 3장을 한 번에 놓기 어렵다. 작은 프라이팬에 맞추다 보니 한 장으로 한 소뎅이를 만든다.

이 음식은 배추전이 아니라 배추적이라고 불러야 제 맛이 난다. 전은 지지는 음식, 적은 굽는 음식을 말한다. 사전적 의미로는 배추전이 맞겠지만 할머니도, 엄마도 배추적이라고 했기 때문에 배추적이라야 마땅하다.

간단하고 소박한 음식이지만, 배추적에는 뭔가 특별한 것이 있다. 아무 맛이 없는 배추적은 고소한 들기름, 짭조름한 간장과 만나 비로소 삼합을 이룬다. 심심하고 덤덤한 맛. 아니, 맛이라기보다는 고요한 시간을 씹는 기분이랄까.

배추적을 먹는 날이면 백석의 시 〈나와 나타샤와 흰 당나귀〉를 읽어야 한다.

가난한 내가
아름다운 나타샤를 사랑해서
오늘 밤은 푹푹 눈이 나린다

나타샤를 사랑은 하고

눈은 푹푹 내리고
나는 혼자 쓸쓸히 앉아 소주를 마신다

소주를 마시며 생각한다

나타샤와 나는
눈이 푹푹 쌓이는 밤 흰 당나귀 타고
산골로 가자 출출이 우는 깊은 산골로 가
마가리에 살자

눈은 푹푹 나리고
나는 나타샤를 생각하고
나타샤가 아니 올 리 없다
언제 벌써 내 속에 고조곤히 와 이야기한다
산골로 가는 것은 세상한테 지는 것이 아니다
세상 같은 건 더러워 버리는 것이다

눈은 푹푹 나리고
아름다운 나타샤는 나를 사랑하고
어데서 흰 당나귀도 오늘 밤이 좋아서
응앙응앙 울을 것이다

— 백석, 《정본 백석 시집》, 문학동네

백석의 시에는 고요가 있다. 흰 당나귀가 아무리 응앙 응앙 울어도 푹푹 내리는 눈이 모두 삼켜버리고 아무 소리도 들리지 않는다.

시간을 잠시 멈추고 일상이라는 컨베이어벨트에서 내려와 고요한 시간 속에 나의 나타샤를 만나게 해준다. 그거면 됐다.

배추적의 슴슴한 맛과 백석의 담백한 시, 그 무엇이 되지 못했지만 아무것도 아닌 지금으로도 충분하다.

"세상에 지는 것이 아니다. 세상 같은 건 더러워 버리는 것이다."

스산한 겨울에는
붕글국을 끓여요

우리말은 참으로 신비롭다. 세상의 온갖 것들을 다 표현할 수 있다. 어쩌면 우리 선조들은 이런 놀라운 한글을 만들어 냈을까, 감탄할 때가 많다.

붕글국이라는 단어를 처음 들었을 때, 세상에 이렇게 귀여운 이름의 음식 이름이 있을까 그런 생각을 했다.

그 이름도 귀여운 붕글국은 시골에서 할아버지가 살아생전 즐겨 드시던 음식이다. 국이 붕글붕글 끓는다고 해서 붕글국이라는 이름이 붙었을 것으로 추정된다. 붕글붕글은 부글부글의 사투리쯤 되겠다.

할아버지가 붕글국을 찾는 날은 주로 을씨년스러운 겨울이었다. 잔뜩 흐려 금방이라도 눈이 쏟아질 듯 하늘이 내려앉고 바람마저 불어 으슬으슬한 날이면 할아버지는 "붕글국 먹자"고 하셨다.

우리 시골에서 붕글국은 수제비와 비슷한 의미로 통용된다. 그러나 수제비보다 더 간단하게 만들 수 있는 약식 수제비가 붕글국이다.

수제비는 직접 만들어 먹으려면 노력이 꽤 필요한 음식이다. 밀가루 반죽을 치대 잠시 숙성시켰다가 손으로 얇게 펼쳐가며 한 입 크기로 뜯어내 끓여야 한다. 손이 많이 가기 때문에 한 번 해 먹으려면 심기일전, 공들일 결심을 해야 한다.

그러나 붕글국은 다르다. 수제비에 비하면 식은 죽 먹기다. 밀가루에 물을 붓고 숟가락으로 대충 개어 끓는 물에 뚝뚝 떠 넣으면 된다.

숟가락으로 반죽을 개는 것도 귀찮다, 더 격렬하게 대충 만들고 싶다. 이런 사람을 위한 초초초간단 레시피도 있다. 끓는 물에 날 밀가루를 훌훌 뿌리는 방법이다. 그야말로 날로 먹는 레시피다.

국물은 신 김장김치를 다져 넣는 김칫국이다. 팔팔 끓는 김칫국에 날 밀가루를 흩뿌리면 밀가루가 국물과 만나 뭉치면서 투명하게 익는다. 전분이 국물에 퍼지면서 김칫국이 되직해진다. 국물이 되직해지니 끓을 때 기포를 내면서 부글부글 소란해진다. 말 그대로 붕글붕글 붕글국이 된다.

멸치 육수를 내고 다시마 한 장을 넣어 밑국물을 만들

면 좀 더 깊은 맛을 낼 수 있다. 육수 내기 귀찮을 때는 미원과 다시다라는, 며느리 빼고 다 아는 비법의 도움을 받으면 간편하게 노포의 맛이 난다. 신 김치를 넣었으므로 마늘은 따로 넣지 않아도 좋다. 김치만으로 기본 간은 충분하지만 그래도 싱거울 때는 조선간장을 약간 넣는다. 대파가 있다면 쫑쫑 썰어서 넣고 불에서 내린다. 그릇에 담고 깨보숭이를 듬뿍 뿌린 후 섞어 먹는다.

날 밀가루를 뿌린 붕글국은 진한 김칫국 맛인데, 전분이 걸쭉해진 국물이기 때문에 마치 중화요리의 게살수프처럼 미끈미끈 술술 넘어간다.

신 김치로 만드는 김칫국은 겨울이면 으레 집집마다 식탁에 오르는 단골 국이다. 감기라도 걸릴라 치면 뜨거운 김칫국에 고춧가루를 팍팍 뿌려 먹으면 뚝 떨어진다는 사람도 있다. 그만큼 한국인에게 없어서는 안 될 소중한 소울푸드인 김칫국이 밀가루와 만나 한층 진한 맛을 전해주는 것이 붕글국이다.

붕글국과 비슷한 느낌의 음식으로 경상도의 갱시기죽이 있다. 갱시기죽은 신 김치와 찬밥을 넣고 끓인 김치죽이다. 갱시기죽은 밥이 풀어지면서 국물이 되직해진다.

올겨울은 유난히 스산하고 암울해 마음까지 얼어붙은 기분이다. 춥고 으슬으슬한 이놈의 겨울은 언제 끝나나, 어깨를 웅크리며 걷다가 겨울이 지긋지긋 미워지려 한다.

이런 날에는 부글부글 붕글국을 끓여 먹어야 한다

한 그릇 후루룩 마시면 뱃속이 뜨끈해지면서 콧등에 땀이 맺힌다. 뜨거운 국물로 온몸을 덥히고 나면, 남은 겨울을 잘 견뎌볼 힘이 생기는 것이다.

사람 인ㅅ 자를 닮은
강원도 김치만두

강원도에서 김치만두는 겨울철 간식이다. 가마솥 가득 끓여서 조리로 건져 양재기에 담아두면 오며 가며 집어 먹는다. 뻥튀기나 군고구마처럼 입이 심심할 때 먹는 것이 김치만두다.

흔히 만두는 동그란 모양이다. 알려진 바대로 만두는 중국 삼국시대 때 제갈공명이 사람 머리를 제물로 바치는 풍습 대신 만두를 사람 머리 모양으로 빚어 제사 지낸 데서 비롯됐다는 설이 있다.

우리나라에는 고려 시대에 전해졌는데 '오랑캐의 머리'라는 뜻으로, 적의 머리를 먹는다는 의미를 담은 이름이라는 이야기가 있다.

조상님들도 만두를 꽤 좋아했었나 보다. 고려가요 중

'쌍화점'이라는 시를 보면, 만두 가게에 가서 만두를 사 먹는 게 일상이었음을 알 수 있다.

쌍화점에 쌍화 사러 가고신딘
회회아비 내 손모글 주여이다

여기에 등장하는 쌍화가 바로 만두다. 고려 시대에는 만두를 쌍화, 혹은 상화라고 불렀다는 기록이 있다. 고려 사람들이 만두 사러 만두 가게에 가는 모습을 상상하니 재미있다. 그렇다. 만두는 고려 사람도 참기 어려웠을 테다.

강원도 만두가 왜 사람 인人 자 모양이 됐는지는 알 수 없다. 그러나 이 모양이 동그란 만두보다 맛있다는 것은 확실히 주장할 수 있다. 둥근 모양일 때보다 만두피와 만두소가 더 적절하게 어우러진다. 피皮 먹자는 송편이요, 소 먹자는 만두라는 말이 있다. 피와 속이 적절히 어우러지는 맛은 사람인 자 만두가 압도적이다.

김치를 다진 후 물기를 짜고 두부, 당면, 간 돼지고기, 숙주 등을 넣고 양념을 해 속을 만든다. 만두피에 속을 넣고 반 접어서 붙인 다음 손가락 3개를 이용해 모양을 낸다.

예전에는 밀가루를 반죽해 만두피부터 만들어야 했는데, 지금은 마트에서 파는 만두피를 사다 쓰면 되니 공정이 배는 간단해졌다. 마트표 만두피는 가장자리에 물을 묻혀

야 붙일 수 있는데, 간혹 잘 붙지 않는 만두피가 있으니 제조 일자를 잘 살펴봐야 한다.

만두 모양을 낼 때는 엄지, 검지, 중지에 얹고 적당한 힘을 가해 눌러주는 기술이 중요하다. 너무 세게 누르면 모양이 찌그러지고 너무 약하게 누르면 모양이 제대로 나오지 않는다. 고수들이 얘기하는 '적당히'의 기교가 여기서도 통용된다. 그야말로 적당히 눌러줘야 아름다운 모양이 완성된다.

만두는 물에 넣고 끓인 것과 증기로 찐 것의 맛이 미묘하게 다르다. 물에 넣고 끓이면 만두가 터질 수 있다는 단점이 있지만, 증기에 찐 것보다 만두 본연의 맛이 두드러진다. 물에 끓여 건져낸 다음 물기를 빼고 건조한 만두가 최상급이다.

끓여서 건져놓은 걸 먹으면 완벽한 강원도 김치만두를 맛볼 수 있다. 수분이 어느 정도 날아가 만두피가 쫄깃해졌을 때 먹으면 10개고 20개고 무한정 들어간다.

건진 후에는 바로 들기름을 발라 겉면을 코팅해야 만두끼리 들러붙지 않는다. 고소함도 더해지기 때문에 빼놓으면 안 되는 과정이다.

만두 하니까 생각나는 일화가 있다. 여동생은 희한하게도 만둣국을 먹을 때, 만두를 숟가락으로 다 깨뜨린 다음 밥을 말아 먹었다. 그 모습을 본 엄마는 여동생 만둣국을 뜰 때는 항상 깨진 만두를 골라 넣어줬다. 어차피 깨뜨려 먹으니 깨진 것을 줘도 되겠지 하셨단다. 늘 깨진 만두만 먹게 된 여동생이 어느 날 크게 분노를 터트렸다.

"엄마는 왜 나한테 깨진 만두만 줘? 나도 안 깨진 만두 먹고 싶다!"

깜짝 놀란 엄마가 "넌 깨진 만두 좋아하잖아"라고 하셨다.

동생은 "안 깨진 만두를 깨 먹는 것과 깨진 만두를 먹는 것은 맛이 달라. 나는 안 깨진 만두를 깨서 먹는 걸 좋아하는 거라고"라고 항변했다.

깨진 만두의 반란 이후에는 여동생도 안 깨진 만두를 배식받을 수 있었다.

5도 2촌 후 가장 좋아하게 된 단어,
노지월동

우리가 쓰는 언어는 우리의 세계다. 누군가와 대화를 나눠보라. 그이는 요즘 자신의 최대 관심사를 언어로 쏟아낼 것이다. 나 역시 요즘 나의 관심사를 입 밖으로 꺼내놓는다. 결국 우리의 대화에서 당사자 모두에게 관심 없는 단어가 화제에 오를 확률은 거의 없다.

말이 얼마나 중요하냐 하면, 머릿속으로 수만 가지 생각을 하더라도 그중에서 가장 큰 비중을 차지하는 것이 언어로 발화되어 입 밖으로 나온다. 그런 까닭에 누군가를 만났을 때 상대방이 하는 말을 가만히 들어보면 그이의 세계를 그려볼 수 있다.

5도 2촌 텃밭러가 된 후 내가 하는 말의 상당 부분은 농사 얘기다. 얼마 전 수영에 빠진 후배와 대화를 하는데, 후배가 하는 수영 얘기를 듣다가 내가 농사 얘기를 하고, 내 농사 얘기를 듣다가 후배가 수영 얘기를 했다.

요즘 가장 좋아하게 된 단어는 '노지월동'이다. 농사를 시작하기 전에는 써본 기억이 없는 단어인데, 지금은 텃밭의 농작물을 선택하는 절대 기준이 됐다.

노지월동. 사전에 적힌 풀이를 그대로 적어보면 "식물이 노지에서 겨울을 나는 것"이다. 그 말인즉슨 한번 심어두면 다음에 또다시 심을 필요가 없다는 뜻이다. 어떻게든 적은 노동력으로 많은 결실을 보고 싶은 게으름뱅이 텃밭러에게 가장 매력적인 단어가 아닐 수 없다.

기온이 영하 20도까지 내려가는 강원도 산간 지방에서 노지월동은 매우 중요한 요소다. 한해살이 채소야 노지월동과 무관하지만 한자리에서 피고 지고 또 피며 살아가야 하는 꽃이나 나무는 노지월동이 되어야만 강원도에서 살아갈 자격이 있다.

마당이 생기면 제일 먼저 심어야겠다고 마음먹었던 나무가 있다. 이름도 청순가련한 배롱나무(목백일홍나무)다. 선운사에 간 적이 있다. 선운사 마당에는 매우 크고 아름다운 배롱나무가 자리하고 있다. 분홍색꽃도 꽃이려니와 수형은 또 얼마나 멋있던지, 이런 나무를 내 집 마당에 심으면 세상 부러울 게 없을 것 같았다.

배롱나무를 사서 심으려던 야심은 그러나 수포로 돌아

갔다. 배롱나무는 노지월동이 어려운 나무라고 한다. 유난히 혹한인 강원도 날씨를 견디기 어렵다고 하니 눈물을 머금고 포기하고 말았다.

배롱나무를 심겠다는 야심이 무산된 후 나무를 살 때 "노지월동 되나요"라는 질문이 자동발사적으로 나왔다. 노지월동된다는 말만 들으면 세상을 얻은 듯 기뻐한다.

사과나무, 배나무, 자두나무, 체리나무, 호두나무 등은 노지월동하지만 감나무는 노지월동이 어렵다.

딸기 잎은 가을이 되면 단풍이 들면서 시들시들해지지만 결코 죽지는 않는다.

딸기도 대표적인 내한성 식물이다. 딸기는 추운 겨울에도 잎이 시들지 않고 살아 있다가 봄이 되면 새잎을 틔우며 성장한다. 딸기는 이름으로 보나 열매의 생김과 맛으로 보나 공주처럼 떠받들어줘야 할 것 같지만, 의외로 무던하고 씩씩하게 잘 자라니 기특하다.

한번 심어놓으면 알아서 월동하고 다음 해에 또다시 자라나 꽃을 피우는 꽃씨도 다양하게 모아두고 있다. 조금씩 심어두면 알아서 꽃대궐을 만들어주겠지 생각하면 로또라도 사 주머니에 넣어둔 듯 웃음이 절로 나온다.

'노지월동+다년생'의 대명사로 가장 먼저 선택한 꽃은 작약이었다. 농사 첫해 초봄, 작약 종근을 구입해 텃밭 가장자리에 심었다. 이 작약이 올봄에는 또 어떤 꽃을 보여줄지 자못 기대에 차 있다.

차이브, 붓꽃, 큰꽃으아리, 낮달맞이꽃, 백일홍, 메리골드, 샤스타데이지, 접시꽃, 꽃양귀비, 봉숭아, 쑥부쟁이, 매발톱, 사계국화, 은방울꽃 등도 한번 심어두면 해마다 같은 자리에서 꽃이 나오는 효자 식물이다. 기회가 될 때마다 씨앗을 수집하며 텃밭에 심을 날을 기다리고 있다.

3월 중순이면 시군 단위 산림조합에서 운영하는 나무 시장이 개장한다. 나무 시장에 가면 각종 나무가 이름표를 달고 나와 "나를 데려가세요" 하며 줄지어 서 있다. 과소비하면서도 죄책감이 느껴지지 않는 곳이 나무 시장이다.

올봄에는 어떤 나무를 들여볼까?

도장지와 결과지

봄이 시작됐다고는 하지만 찬 바람이 불고 땅은 얼어붙어 있고 때로는 눈까지 푹푹 내리는 3월이다. 오랜만에 도착한 시골집에는 지난주 내린 폭설이 드문드문 남아 있었다.

본격적으로 밭을 갈고 파종하는 5월이 되기 전 해야 할 일은 바로 가지치기다. 감나무와 복숭아나무, 사과나무, 배나무, 자두나무 등 유실수 가지치기는 열매와 연결되기에 매우 중요하다. 나무가 겨울잠을 자고 있을 때 가지치기를 하면 좋다고 하니 미뤄둔 숙제를 하듯 전지가위를 들고 나섰다.

유튜브 영상을 아무리 들여다보아도 가지치기는 어렵다. 어느 가지를 쳐야 할지, 어느 가지를 남겨야 할지 알쏭달쏭하다. 그나마 머리에 남아 있는 가지치기 법칙을 읊조

리며 작업을 했다.

먼저 Y자 수형 만들기가 중요하다. 유실수는 과일을 수확해야 하기 때문에 가지가 하늘로 뻗어 오르면 사람의 손으로 따기 어렵다. 수형을 Y자 형태로 키우는 것이 중요하다. 수형이 두 팔을 벌린 듯 옆으로 뻗어나가야 햇빛을 잘 받아 열매가 고루 익고, 사람 입장에서 손을 내밀어 따기 편하다.

Y자 수형을 유지하기 위해서는 하늘로 솟아오른 가지를 잘라야 한다. 한 해에도 수없이 많은 곁가지가 삐져나온다. 메인 가지를 남겨놓고 곁가지는 자른다. 중심을 향하는 가지, 아래를 향하는 가지도 잘라야 한다.

나는 가지치기를 잘 못하는 사람이다. 이 가지도 소중하고 저 가지도 소중해 어느 것 하나 버리지 못한다. 잘라야 한다는 건 분명히 알고 있지만, 이 가지에서도 곧 꽃이 필 텐데 놔두는 것이 좋지 않을까 하며 미적댄다.

드라마 〈전원일기〉를 좋아한다. 〈전원일기〉는 1980년 10월 13일 시작해 2002년 12월 29일 종영한 MBC 드라마다. 농촌 마을을 배경으로 농사를 짓고 살아가는 김 회장(최불암 분)네, 일용 엄니(김수미 분)네 등 농민들의 삶을 다루며 20년 동안 1088회가 방송됐다.

MBC ON에서 매일 〈전원일기〉 재방송을 2~4회 보여주는데, 소파에 누워 이 드라마를 보는 것이 하루의 소소한 즐거움이다. 〈전원일기〉에는 지금은 잃어버린 농촌 풍습과 풍속이 고스란히 박제돼 있다.

언젠가 〈전원일기〉 2회 〈주례〉 편을 본 적이 있다. 가지치기에 관한 내용이었다. 과수원집 둘째 아들 용식(유인촌 분)이 아버지 김 회장과 함께 과수원에서 가지치기를 하며 대화를 나눈다.

김 회장은 내레이션으로 이렇게 말한다.

"보다 많은 열매를 맺게 하려면 식물 생장점인 순을 잘라야 한다. 그게 결과지를 기르는 거다. 그런데 난데없는 곳에서 곁눈이 나와 곁가지를 형성한다. 도장지다. 도장지는 꽃도 열매도 맺지 않는다. 그런데 거름과 수분이 풍부한 좋은 환경에서 도장지가 많이 나온다. 사람도 마찬가지다. 환경이 좋아서만이 성공하는 것은 아니다."

김 회장님 덕분에 결과지, 도장지라는 새로운 단어를 알게 됐다. 국어사전에 따르면 결과지는 "과실나무에서 꽃눈이 달려 이듬해에 꽃이 피고 열매를 맺는 가지"다. 도장지는 "오랫동안 자는 눈으로 있다가 어떤 영향으로 나무가 잘 자라지 아니할 때에 터서 세차게 뻗어 나가는 가지. 몹시 연약하여 열매를 맺지 못하므로 잘라버린다".

가지치기를 하던 용식은 아버지인 김 회장에게 "아버지, 저는 어느 쪽일까요? 도장지인지 결과지인지 모르겠어요"라고 질문한다.

　　가지치기하는 김 회장과 용식의 대화를 보면서 가지치기의 중요함을 다시금 되새겼다. 도장지에 더욱 단호해지자고 결심해본다.

왜 사냐건 웃으려면
퇴비를 주자

남으로 창을 내겠소.
밭이 한참갈이
괭이로 파고
호미론 김을 매지요.

구름이 꼬인다 갈 리 있소.
새 노래는 공으로 들으랴오.
강냉이가 익걸랑
함께 와 자셔도 좋소.
왜 사냐건
웃지요.

김상용 시인(1902~1951)이 1936년에 쓴 시 〈남으로 창을 내겠소〉다.

가장 좋아하는 시이자, 눈 감고 외울 수 있는 몇 안 되는 시다. 원래도 좋아했지만 텃밭 농사를 시작하고 난 후에는 더 자주 읊조리고 있다.

마른 호박 줄기나 고추 대궁 등을 걷어내고 퇴비를 뿌리며 한 해 농사를 시작한다.

2024년 말부터 2025년 초는 국가적으로도 개인적으로도 암울한 시기였다. 국가적으로 계엄과 내란 사태가 발발했고, 개인적으로는 등 떠밀려 퇴사했다. 믿었던 사람들의 배신은 덤. 커다란 사건들이 겹치면서 내상을 크게 입었다.

'지금까지 잘못 살아온 걸까' 싶을 때 〈남으로 창을 내겠소〉가 떠올랐다. 나에게는 이미 남으로 커다란 창을 낸 시골집이 있다. 게다가 밭도, 괭이도, 호미도 있다. 이 얼마나 러키비키한가.

"구름이 꼬인다 갈 리 있소" 대목을 중얼거리며, 그 어떤 구름이 꼬드긴다 해도 끄떡하지 않겠노라고 다짐하지만, 그 어떤 구름도 꼬드겨 오지 않는 것은 어쩐 일인가. 구름에게 나를 한 번 꼬드겨보라고 꼬드겨봐야 하나.

"강냉이가 익걸랑 함께 와 자셔도 좋소"라고 얘기하려면 강냉이 농사를 잘 지어야 한다. 그러기 위해 지금 당장 해야 하는 일이 '밭 만들기'다.

본격적인 농사를 시작하는 시기는 5월이다. 그 전에는 부지런히 밭을 만들어야 한다. 거름이 풍부하고 비옥한 밭이라야 한 해 농사가 풍성해진다.

농사를 짓기 전에는 사실 밭에서 무슨 일이 벌어지는지 알지 못했다. 그저 씨앗을 뿌려놓으면 알아서 자라는 줄 알았다. 흙에 영양분이 없으면 작물이 제대로 자라지 못한다는 걸 알지 못했다. 내 입에 비타민이며 영양제를 집어넣는 것처럼 밭에도 영양제를 뿌려주어야 한다는 것을 모르고 살았다.

날이 포근해지고 땅이 녹으면 농부들은 부지런히 밭으로 나가 퇴비를 뿌린다. 퇴비는 밭에 주는 영양제다. 농협에서 구입한 퇴비에는 '가축분'이라고 쓰여 있다. 주성분은 소똥이다. 닭똥으로 만든 퇴비는 계분이라는 이름으로 따로 분류해서 팔고 있다. 똥이 최고의 거름이라는 건 예나 지금이나 변함이 없나 보다. 재래식 화장실을 쓰던 시절에는 인분이 중요한 퇴비였으니 말이다.

똥으로 만든 까닭인지 퇴비를 뿌리면 꼬리꼬리한 냄새가 난다. 농촌 마을을 유유히 드라이브할 때 나는 냄새가 바로 이 가축분 냄새다. 퇴비에서 가스가 나오기 때문에 뿌리고 2주 정도 시간이 지난 후 파종해야 한다. 바로 파종하면 씨앗이 퇴비 가스에 질식할 수 있다.

퇴비를 뿌린 후에는 로터리를 치거나 쟁기질을 해 흙과

잘 섞어주면 농사 준비가 완료된다.

유박 비료도 농사를 짓기 전 미리 뿌려두면 좋다. 모종을 심기 보름 전쯤 뿌리면 효과가 좋다고 한다.

유박은 아주까리기름을 짜고 남은 찌꺼기다. 기름기가 풍부해 식물의 성장에 도움을 준다. 유박은 고소하고 맛있는 냄새가 나기 때문에 강아지가 사료인 줄 알고 먹었다가 죽는 일이 종종 발생한다. 유박에 들어 있는 리신이라는 독성은 동물이 먹으면 생명을 잃을 만큼 심각한 위해를 가한다. 독성이 청산가리의 6000배라니 얼마나 맹독인지 알 수 있다. 강아지를 키우는 집이나 강아지 산책길 인근에는 절대 뿌려서는 안 된다. 그러나 공원에는 유박 비료가 여전히 뿌려진다.

나는 혹시라도 강아지나 고양이가 먹을까 싶어 유박 비료를 뿌린 후 흙으로 덮어준다. 일은 더디지만 그렇게 하는 게 마음이 편하다.

밭에 뿌려야 하는 것 중에서 토양 살충제라는 것도 있다. 토양 살충제는 흙속에 숨어 있는 벌레를 미리 죽이는 역할을 한다. 퇴비나 토양 살충제는 뿌리고 나서 밭을 갈아 흙과 섞어주는 것이 좋다.

퇴비를 뿌렸으니 이제 5월을 기다리기만 하면 된다. 강냉이가 익는 계절에 누군가 "왜 사냐"라고 물어봐주기를 바라면서.

입춘에도
동파 걱정뿐

무소유를 설파하신 법정 스님의 말씀이 오늘따라 가슴에 와서 꽂힌다. 법정 스님은 난초를 소유하게 되면서 집착과 욕심으로 힘들어진다는 것을 깨달았고, 난초를 처분한 후 자유를 느끼면서 무소유의 홀가분함을 대중에게 전파했다.

소유하면 걱정하게 되고, 걱정하면 힘이 든다. 과연 무소유가 답이다.

시골집이 요즘 내 뇌 구조도의 50퍼센트 이상을 차지하고 있는 단어다. 시골집은 흔히 말하는 '세컨드 하우스'다. 그 말인즉슨 생존을 위해 거주하는 집이 아닌, 있어도 그만 없어도 그만인 집이라는 뜻이다. 그런 시골집을 갖게 되니 계절별로 크기와 무늬가 다른 걱정들이 밀려들어온다.

1년을 크게 두 토막으로 나눠보면 여름은 습기 걱정, 겨

울은 동파 걱정이다. 둘 다 물과 관련돼 있다는 공통점이
있다.

여름철 습기는 '소리 없는 아우성'이다. 물먹는하마를
수십 개 배치해놓아도 화장실, 싱크대에서 피어나는 곰팡
이를 막을 수 없다. 실내에 곰팡이가 생기지 않게 하려면
수시로 문을 열어 환기를 해주어야 하는데 5도 2촌이다 보
니 환기를 제때 하지 못해 곰팡이에게 습격당하고 만다.

세컨드하우스의 습기를 잡기 위해 제습기를 24시간, 여
름 내내 돌린다는 분도 있다. 쉼 없이 제습기를 돌리다가
불이 나면 어쩌나 하는 걱정 때문에 여름내내 가동하는 방
법은 시도하지 않았다. 만약 나중에 집을 짓게 된다면 자동
환기 시스템을 구축해 언제 어디서든 제어할 수 있게 하겠
다고 다짐한다.

겨울의 동파 걱정에 비하면 여름철 습기 걱정은 아주
작고 사소하고 귀여운 걱정이다. 동파는 습기와는 비교가
안 되게 무시무시한 뒷감당이 필요하다.

일단 동파가 되면 얼어 터진다. 수도와 보일러가 얼어
터지는 주인공인데, 둘 다 심각한 후폭풍을 가지고 온다.

수도가 얼어 터지면 물이 철철철 넘쳐흐른다. 실내에서
터진다면 집 안이 수영장이 되고, 집 밖에서 터진다면 마당
이 스케이트장이 된다.

거주하는 동안 동파를 만난다면 바로 처리할 수 있지

만, 2촌러에게는 즉각 대응이 어렵다. 특히 농사철이 아닌 농한기는 5도 2촌이 아니라 12도 2촌, 19도 2촌이기 때문에 동파를 바로 알아차리기 어렵다. 몇 날 며칠 물이 쏟아진대도 알 길이 없다. 시골집에 가서 얼음 폭포를 만나게 될까 봐 두려움에 떨고 있다.

보일러가 얼어 터지면 문제는 더 심각해진다. 보일러 본체 부근이 얼었다면 드라이어나 뜨거운 물 등으로 녹여 본다지만, 방바닥에 깔려 있는 고무호스가 언다면 꼼짝없이 방바닥을 뜯어내야 하니 상상만 해도 아찔하다.

동파에 대비해 보일러와 수도를 담요로 꽁꽁 감싸주고, 일정 온도 이하로 떨어지면 보일러가 알아서 가동되도록 설정해놓았다. 또한 화장실과 주방 수도를 틀어놓아 물이 졸졸졸 흐르게 했다. 그리하여 나의 시골집은 겨우내 보일러와 수도를 매일 돌리며 동파를 피하기 위해 고군분투하고 있는 중이다.

아깝지 않냐고? 물론 아깝다. 그러나 보일러를 돌리고 수돗물을 틀어놓는 것은 나중에 동파돼 대공사를 해야 하는 것에 비하면 저렴한 지출이다.

수도와 보일러가 동파되지 않을 수준으로 대비해놓았다지만, 강원도의 혹한에 잘 견뎌낼지 아닐지 알 수가 없어 매일 날씨를 들여다보며 안절부절못한다. 봄이 시작된다는 입춘이 왔으니 이제 좀 안심해도 되려나 했는데, 어쩐지 날씨는 더 추워졌다.

날씨 앱을 열었더니 "오늘 밤에는 영하 16도까지 힘껏 내려가보겠어요"라고 친절하게 예보해준다.

나의 수도와 보일러가 힘을 내 동파의 습격을 물리쳐주길, 멀리서 응원하는 수밖에.

오늘도 방앗간에
들기름 짜러 간다

서울에서야 방앗간 갈 일이 없지만 시골에서는 다르다. 시골에서 방앗간은 1년에 열 번쯤은 가게 되는 매우 중요한 장소다.

비록 낡고 허름하고 칠이 벗겨졌을지언정 방앗간 기계들은 여전히 탈탈탈 잘 돌아가며 척척척 맡은 일을 해낸다.

주천은 우리 시골에서 가장 가까운 읍내다. 어렸을 때는 할아버지를 따라 10리 길을 걸어 장 구경을 가서는 짜장면을 얻어먹던 추억이 있는 곳이다. 지금도 생필품을 사려면 산을 하나 넘어 주천 읍내로 가야 한다.

주천 읍내에는 방앗간이 대여섯 개나 남아 있다. 다방도 대여섯 개가 있어 다방 수와 방앗간 수가 연동되는 것은 아닐까 잠시 생각해보았다. 방앗간은 심지어 영업도 꽤 잘

돼 낡은 문을 열고 들어가면 올망졸망 보따리를 늘어놓고 차례를 기다리는 아주머니들로 평상이 가득 차 있다.

방앗간에는 노란 장판을 씌운 평상이 반드시 있다. 평상 밑에 전기를 넣어 겨울이면 뜨끈하게 궁둥이를 지질 수 있게 해주는 것은 일종의 서비스다. 방앗간에 맡긴 공정이 끝나려면 한 시간 이상이 걸리니까 보따리를 내려놓고는 평상에 궁둥이를 디밀고 눌러앉는 것이다.

방앗간이 하는 일은 크게 두 가지로 분류할 수 있다. 한 축은 떡, 또 다른 한 축은 기름.

떡방아 기계가 땀 닦을 시간도 없이 부리나케 일을 하는 시기는 1년에 두 차례. 민족 최대 명절인 설 가래떡 시즌과 추석 송편 시즌이다.

TV에서는 설에도 민족 최대 명절, 추석에도 민족 최대 명절이라고 하기 때문에 어느 쪽이 진짜 민족 최대 명절인지는 알기 어렵다. 설파와 추석파가 대결해 1, 2위를 판가름해 논란을 종식시켜주기를 바라지만, 그런 일은 벌어지지 않는다. 순위가 결정되는 걸 양쪽 다 원하지 않는 것 같다.

명절 대목에 다른 방아거리를 가지고 갔다가는 퇴짜 맞기 십상이다. 방앗간 주인은 줄 지어 있는 방아거리 때문에 다른 방아를 돌릴 손이 없다며 손사래를 친다.

뜨거운 가래떡이 줄줄줄 뽑아져 찬물 담아놓은 대야에 쌓이는 모습은 아무리 보아도 싫증 나지 않는다. 방앗간 주인은 마치 〈생활의 달인〉에 나오는 달인처럼 척척척 뽑고 자르고 쌓는다.

떡집에 가서 만들어놓은 가래떡을 사도 되지만, 굳이 방앗간에 쌀을 가져다 부려놓고 떡을 뽑는 것은 주인장의 기술을 보는 재미 때문이다. 방금 뽑은 가래떡을 한 줄 뜯어 뜨끈할 때 먹는 재미는 두 번째다.

추석 송편 시즌에는 집에서 씻어 불린 맵쌀을 방앗간에 가져가 보드랍게 빻아오면 된다. 쌀가루를 반죽한 다음 식구들과 둘러앉아 설탕이나 밤, 콩 등을 넣어 모양껏 빚으면 송편이 된다.

요즘은 집에서 송편 하는 가정이 드물어 방앗간이 송편까지 만들어 쪄서 판다. 그러다 보니 추석에는 송편을 빚어 찌느라 방앗간 사람들이 밤을 새워야 하는 지경이다. 우리 집은 "그래도 추석에는 둘러앉아 송편을 빚어야 명절 같지" 라며 어김없이 쌀가루를 빻으러 방앗간에 간다.

설 가래떡과 추석 송편이 짧고 굵게 몰아친다면 방앗간이 하는 일 중 가장 많은 빈도를 차지하는 것은 아마도 기름 짜는 것이 아닐까 싶다. 기름을 금방 짜서 먹는 것은 농사 짓는 사람이 누릴 수 있는 특권이다. 농사지은 참깨나 들깨를 가지고 방앗간에 가면 한 시간도 채 기다리지 않아 고소한 기름을 받아 나올 수 있다.

과거에는 기름을 짜러 가기 전 엄마가 미리 깨를 잘 씻

어 말렸지만, 요즘은 방앗간에서 깨를 씻고 볶고 짜주는 논스톱 서비스를 하기 때문에 그냥 가져가도 돼 편리하다.

방앗간마다 깨를 짜는 비용이 조금씩 차이가 있다는 점도 흥미롭다. 우리 집이 단골로 가는 방앗간이 휴업이라 다른 방앗간을 갔다가 알게 된 사실이다. 들기름 한 말을 짜는 공임이 1000원 차이가 났다. 1000원 때문에 단골집을 바꿀까 말까 고민했으니 1000원의 위력은 여전히 세다.

들깨가 담긴 자루를 내려놓고 평상에 앉아 커피믹스를 타 마시면서 옆자리 아주머니들의 수다를 듣는 재미도 쏠쏠하다. 아주머니들은 만나자마자 이런 얘기 저런 얘기를 끊임없이 주고받는다. 특유의 사투리가 쏟아지기 때문에 강원도에 있다는 실감이 난다.

연기가 펄펄 날 때까지 볶은 깨를 압착해 기름이 졸졸 흐르기 시작하면, 느릿느릿 걸어간 사장님이 기계 앞에 앉아 기름을 소분할 준비를 한다. 기름을 담는 병은 소주병이다. 집에서 소주병을 미처 챙겨 오지 못했다면 방앗간에서 판매하는 기름병에 담아달라고 하면 된다. 방앗간 기름병은 한 개 500원이다.

병뚜껑은 두 가지 컬러다. 빨간 뚜껑은 참기름, 노란 뚜껑은 들기름. 전국 어디서나 통용되는 공통의 룰이다. 소비자들이 직관적으로 알아차릴 수 있도록 색을 선정한 기름병 제조업체 사장님의 센스에 감탄한다.

방앗간 사장님은 느릿느릿 걷던 그 사람이 맞나 싶게 재빠른 손놀림으로 기름을 소주병에 담은 후 뚜껑을 닫는다. 그리고 고무망치로 뚜껑을 땅땅 내려치는 것으로 공정은 마무리된다.

들깨 한 말을 짜는 공임은 1만 2000원이다. 한 말을 짜면 들기름이 6~7병 정도 나온다. 2000원에 들기름 한 병을 얻은 셈이라고 좋아한다. 들깨 한 말을 농사짓기 위해 들인 비용은 애써 잊어야 한다.

방앗간에서는 들기름을 판매하기도 한다. 한 병에 1만 7000원~2만 원이니 비싼 가격은 아니다. 그러나 우리가 직접 농사지은 깨로 방금 짠 들기름을 가슴에 품을 때의 뿌듯함은 그 어느 것과도 비교할 수 없다. 그 기름 한 병에는 내가 여름내 들인 시간과 노력과 애정이 담겼기 때문이다.

떡이나 기름이 아니더라도 방앗간에서 방아가 돌아갈 일은 무궁무진 많다. 볶은 콩을 빻아주기도 하고, 두부콩을 갈아주거나 밤 껍데기를 까주기도 한다.

김장철에는 고춧가루를 빻는 사람들로 긴 줄이 늘어선다. 고추는 주로 가을에 수확해 말리기 때문에 10월, 11월이 대목이다. 고춧가루는 고운 정도에 따라 김장용과 고추장용으로 나뉜다. 더 보드랍게 빻아야 고추장을 만들 수 있기 때문에 미리 용도를 말해야 한다.

쉴 새 없이 바쁜 방앗간 사장님 내외를 보면서 시골 방앗간이 오래오래 그 자리에 남아 있기를 바라는 마음이 저절로 든다.

김장김치 파 먹고 나니
봄이 왔네요

지난해 11월 중순 담가서 12월부터 먹기 시작한 김장김치가 4월 초 바닥을 보였다. 지져 먹고 볶아 먹고 부쳐 먹고… 김장김치를 파 먹다 보니 겨울이 끝났다.

가와바타 야스나리의 《설국》 "국경의 긴 터널을 빠져나오자, 눈의 고장이었다"풍으로 표현하자면 "김장김치의 긴 터널을 빠져나오자, 봄의 고장이었다".

김치통을 씻은 후 물을 가득 담아 김치 냄새를 빼면서, 아무 학계에도 발표할 일 없는 '내 멋대로 나의 김치 소비 분석'을 해봤다. 지난해 11월 16일에 김장을 담가 12월부터 먹기 시작했으니 4개월을 먹은 셈이다. 40포기가량으로 김치를 담갔고 내 몫은 큰 김치통 하나였다. 한 통에 세 포기가 들어갔는데, 체중계에 달아보니 12킬로그램 안팎이었다. 12킬로그램의 김치를 네 달에 걸쳐 먹었으니 한 달에 3킬로그램을 먹은 셈이다.

한국식품커뮤니케이션포럼 세계김치연구소가 2019년 조사한 한국인 평균 연간 김치 소비량은 20~25킬로그램이다. 내 경우는 한 달에 3킬로그램을 먹으니까 연간으로는 36킬로그램이다. 한국인 평균을 크게 웃도는 수치라는 데서 큰 자부심을 느끼게 된다.

지금까지는 내 재산이 평균 이상이기를 바라마지 않았으나 최근 문형배 헌법재판소 재판관님의 2019년 청문회 당시 영상을 보고 감동받아 그 마음을 내려놓았다.

문 재판관님은 헌법재판관 평균 재산이 20억 원일때 4억 원의 재산을 가진 것으로 알려졌다. 당시 "27년 재판관을 하셨는데 재산이 적다. 이유가 있냐"는 의원의 질문에 문 재판관은 "결혼할 때 다짐한 게 있다. 평균인의 삶에서 벗어나지 않아야겠다고. 평균 재산이 가구당 3억 원 남짓이다. 제 재산은 4억 원 조금 못 된다. 평균 재산을 조금 넘어선 것 같아서 반성하고 있다"라고 말했다.

앞으로는 평균 재산에 대한 열망은 내려놓고 김치 소비량에서 평균을 웃도는 데 만족하며, 쌀 소비량에도 도전할까 궁리해본다.

김장은 겨울을 나기 위한 준비이면서 동시에 공동체의 결속을 다지게 하는 행위다. 그렇기에 2013년 김장이 유네

스코 인류무형문화유산에 등록됐고, 2017년에는 '김치 담 그기'가 국가무형유산에 지정돼 그 의미를 알리고 있다.

올해 김장은 내 손으로 직접 키운 배추로 만들어서인지 유난히 더 맛있게 느껴졌다. 돼지고기를 넣은 김치찌개, 바삭하게 부친 김치전, 반죽을 뚝뚝 떼 넣은 김치수제비, 날밀가루를 넣은 붕글국, 콩나물을 듬뿍 넣은 김치콩나물국, 바특하게 지진 김치돼지등갈비찜, 김치를 쭉쭉 찢어 넣은 메밀부치기, 엄마가 두부 한 날에는 두부김치, 돼지고기와 숙주를 넣은 김치만두, 찬밥에 슥슥 볶은 김치볶음밥… 김장김치로 할 수 있는 수많은 음식을 해 먹었다.

김치통을 비우고 나니 봄이 왔다. 그리고 이제, 봄김치를 담글 시간이다. 묵은 김치가 주는 깊고 진한 맛도 귀하지만, 봄에 담근 햇김치의 맛은 묵은 김치에서는 경험할 수 없는 상큼함이 있다.

수박을 겨울에 먹으면 전혀 맛이 느껴지지 않듯, 모든 음식은 제철이 있다. 겨울에는 김장김치를 먹어야 한다면 봄에는 봄김치를 먹어야 제격이다. 갓 나온 봄배추나 파, 미나리, 부추, 오이, 돌나물 등으로 담근 겉절이나 물김치는 그 자체로 봄이다. 가볍고 상큼한 맛은 아지랑이처럼 부드럽게 입맛을 깨운다.

오늘은 집으로 들어가는 길, 시장에 들러 배추 한 포기와 미나리 한 단을 사려고 한다. 시원한 물김치 한 통 담가

놓고, 사랑하는 사람들과 나눠 먹으며 씩씩하게 봄에서 여
름으로 건너가야겠다.

봄 농사를 위한
빅 픽처

받아놓은 날은 어김없이 온다. 도무지 올 것 같지 않지만, 쌀쌀한 바람 속에서도 한 발 한 발 봄은 다가오고 있다. 이 말은 곧 달콤했던 나의 농한기가 끝나가고 있다는 의미다.

개학을 앞두고 벼락치기 방학 숙제를 하는 아이처럼, 공책을 펼쳐놓고 봄 농사를 위한 밑그림을 그리는 날들이 이어지고 있다.

큰 그림은 정치인들만 그리는 것이 아니다. 5도 2촌 초보 농부라도 농사를 위한 큰 그림을 그려야 한다. 올해 나의 빅 픽처는 꽃 농사다.

우리 집 뒷동산에는 동네 어르신이 가져다 놓은 벌통이 두어 개 있다. 이 벌들에게 풍부한 먹이를 제공한다는 것이 나의 빅 픽처다. 꽃의 색깔과 크기, 키 등을 고려해 심을 위

백일홍
천일홍
금화규
악마의 나팔꽃
장미 봉숭아
메 자하라
종이꽃
유채꽃
꽃양귀비
해바라기
백합
맥문동
남천

치를 그렸다 지웠다 반복한다.

마당과 뒤란에 심기 위해 모아놓은 꽃씨는 백일홍, 천일홍, 금화규, 미니자하라, 층층이꽃, 해바라기, 백합, 악마의나팔꽃, 장미봉숭아, 유채꽃, 꽃양귀비 등이다. 벌들의 식성에 맞는 꽃이면 좋겠다는 작은 소망을 품고 있다.

꽃씨를 꺼내 공책에 올려놓고 살펴보았다. 작은 것, 큰 것, 동그란 것, 납작한 것, 뾰족한 것, 둥근 것, 까만 것, 누런 것, 단단한 것, 푸슬푸슬한 것… 씨앗 하나에는 온 우주가 담겨 있다.

씨앗을 들여다보며 이들이 피워낼 각양각색의 아름다움을 미리 느낀다.

지난해 농사를 반추해 비교적 적은 노력으로도 훌륭한 수확을 거뒀던 품목을 엄선해 목록을 만들고 있다. 게으른 농부에게도 아낌없이 결실을 내준 성격 좋은 아이들을 주종목으로 키우겠다는 야심찬 계획이다.

가장 믿음직한 채소는 부추다. 부추는 한번 심어두면 계속 자라고, 잘라 먹어도 또 나온다. 특별히 거름을 할 필요도 농약을 칠 필요도 없으니 부추야말로 게으른 농부에게는 더없이 알맞은 채소다.

다음으로 키우기 무던한 채소는 호박이다. 호박 역시 제멋대로 잘 자라고 열매도 잘 달린다. 문제는 호박의 세력 확장이 대단해 자리를 많이 차지한다는 점이다. 올해는 밭

가운데가 아니라 담벼락 쪽에 심기로 마음먹는다.

더 많은 양을 심겠다고 작정한 채소는 시금치다. 시금치 역시 특별한 노력을 기울이기 않아도 심어만 두면 알아서 잘 자란다. 한 가지 몰랐던 점은 더위를 싫어한다는 사실이다. 봄가을에 심어놓으면 잘 자란다.

곡식으로는 서리태, 팥, 동부콩, 깨를 골라놓았다. 이 곡식들 역시 비교적 손이 덜 가고 농사짓기가 수월한 품목이다.

올해 농사는 지난해보다 수월하기를, 더 재미있기를.

심는
마음

텃밭 채소 재배 캘린더

1월, 2월

3월

감자, 완두콩

4월, 5월

양배추, 배추, 브로콜리, 부추, 상추, 강낭콩, 오이, 가지, 청경채, 토마토, 고추, 땅콩, 들깨, 대파

6월

고구마, 서리태, 옥수수

7월

열무, 얼갈이배추

8월

무, 배추, 쪽파, 당근, 시금치

9월

근대, 쑥갓, 청경채, 양배추

10월

마늘, 대파, 봄동, 시금치, 밀, 보리

11월, 12월

농사 패션의 정석

챙모자

농사에 미모와 건강을 빼앗기지 않으려면 챙이 넓은 모자를 써야 한다. 챙모자 없이 한여름 땡볕에 나가면 30분도 되지 않아 얼굴이 까맣게 탄다. 시장에 가서 군용 위장 무늬가 들어간 챙모자를 사면 된다. 왜 군용 위장 무늬가 농사 모자와 결합했는지 연구해보고 싶어진다. 농사지을 때도 적의 눈에 띄면 안 되는 사정이 있는 걸까?

목수건

열심히 일하다 보면 땀이 몹시 성가시게 흘러내린다. 땀이 흐르게 내버려둔다 해도 눈에 들어가는 땀은 어쩔 수 없이 닦아내야 한다. 가늘고 긴 스포츠 타월이 요긴하다.

휴대폰 방수팩

텃밭 일 하는 데 휴대폰은 필요 없다 싶다가도 쓸 일이 꼭 생긴다. 급한 전화가 올 때도 있고 꼭 찍고 싶은 사진이 있을 때도 있다. 주머니에 넣고 있다가 자칫 떨어뜨려 흙이라도 묻으면 속 쓰리니까 아예 휴대폰 방수팩에 담아 지참하면 편리하다.

청바지

여러 바지를 입어보았는데 청바지가 제일이다. 뻣뻣해서 앉았다 일어나기 불편한 점은 있지만, 무엇보다 모기나 벌레를 막아준다는 장점이 크다. 활동성 편한 소재는 얇아서 모기 침이 바지를 뚫는다. 청바지는 또 벌레가 잘 붙지 않는다는 것도 장점. 텃밭에서 진드기가 옷에 붙어오는 경우가 많은데, 청바지는 이런 위험을 줄여준다.

빨간 목장갑

목장갑은 왜 빨간색이 대세일까? 좀 더 예쁜 컬러는 없을까? 두리번거렸더니 있었다. 노란색과 검은색이 있었다. 그중 검은색을 구입해 써봤더니 내구성이 빨간색보다 좋지 않았다. 왜 빨간색이 대세인지, 모두가 예스라고 할 때 노라고 하면 안 되는 이유를 알게 됐다.

장화

시골에서는 무조건 장화를 신어야 한다. 밭에 일하러 갈 때는 물론이고 잠시 잠깐 뒤란에 갈 때도 장화가 필수다. 장화는 혹시 모를 뱀의 공격에 대비할 수 있고, 각종 벌레도 막아준다. 게다가 플라스틱이라 물에 젖지 않고 운동화처럼 때 타면 빨아야 할 염려도 없고 만년구짜다.

모기 기피제 & 진드기 기피제

나는 이제 초록 밭의 싱그러움을 보면 "모기가 많겠다"라고 생각하는 현실적인 사람이 됐다. 그리하여 밭에 나갈 때는 무조건 모기 기피제를 뒤집어써야 한다. 진드기는 여기서 한술 더 떠 생명까지 위협하는 무시무시한 존재다.

김효원의 텃밭 드로잉

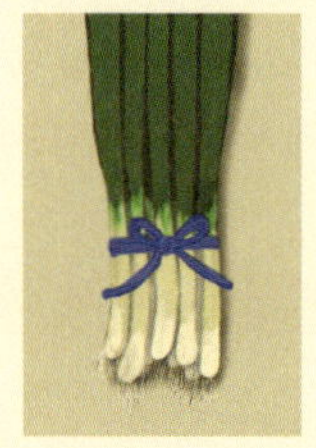

파는 파릇파릇 할 때 파3,
디지털 드로잉, 2026

여름 오이,
디지털 드로잉, 2026

호박꽃,
디지털 드로잉, 2026

배추,
디지털 드로잉, 2026

호랑이콩,
디지털 드로잉, 2026

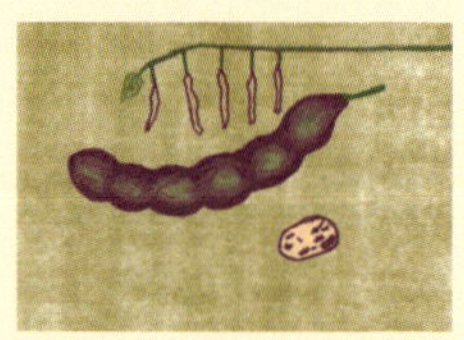

호랑이콩2,
디지털 드로잉, 2026

메밀 씨앗,
디지털 드로잉, 2026

감자,
디지털 드로잉, 2026

딸기,
디지털 드로잉, 2026

파가 있는 풍경,
디지털 드로잉, 2026

밤송이,
디지털 드로잉, 2026

미국 자리공,
디지털 드로잉, 2026

감자에 싹이 나서,
디지털 드로잉, 2026

이삭줍기,
디지털 드로잉, 2026

가을 국화,
디지털 드로잉, 2026

겨울 일상,
디지털 드로잉, 2026

봄의 새싹들,
디지털 드로잉, 2026

가을 나들이,
디지털 드로잉, 2026

감,
디지털 드로잉, 2026

당근,
디지털 드로잉, 2026

콩,
디지털 드로잉, 2026

**놀고먹고 싶었는데
100평 텃밭이 생겼다**

김효원 글·그림

2026년 4월 20일
초판 1쇄 발행

펴낸이	황윤정
펴낸곳	이은북
출판등록	2015년 12월 14일 제2015-000363호
주소	서울 마포구 동교로12안길 16, 삼성빌딩 B 4층
전화	02-338-1201
팩스	02-338-1401
이메일	book@eeuncontents.com
홈페이지	www.eeuncontents.com
인스타그램	@eeunbook

책임편집	황세정
디자인	lee.ree.
제작영업	황세정
마케팅	이은콘텐츠
인쇄	천광인쇄

© 김효원, 2026

ISBN	979-11-91053-62-3 (03810)